점쟁이

# 점쟁이

**초판 1쇄 발행** | 2023년 8월 25일

**지은이** 김성태
**발행인** 한명선

**주소** 서울시 종로구 평창길 329(우편번호 03003)
**문의전화** 02-394-1037(편집) 02-394-1047(마케팅)
**팩스** 02-394-1029
**전자우편** saeum2go@hanmail.net
**블로그** blog.naver.com/saeumpub
**페이스북** facebook.com/saeumbooks
**인스타그램** instagram.com/saeumbooks

**발행처** (주)새움출판사
**출판등록** 1998년 8월 28일(제10-1633호)

ⓒ 김성태, 2023
ISBN 979-11-7080-020-0(03810)

• 잘못된 책은 바꾸어 드립니다.
• 책값은 뒤표지에 있습니다.

# 점쟁이

창광 김성태

새흘

## 머리말

환갑을 넘어서면서 지난날들을 다시보기 해보니 까막산이 무너졌다. 사라진 것은 아니지만 흐릿하고 어렴풋하다. 두렵고도 무섭게 내 앞을 가로막고 있었던 까막산이 사라지고 이제는 좀 높은 행길 정도를 걷는 중이다. 하지만 아직도 나의 동작은 일반적이지 않고, 표정도 남과는 사뭇 다르다.

아직도 변하지 않은 다행스러운 것은 여전히 김 법사 아들이고 동현이 아버지로 살고 있다는 점이다. 달라진 것이 있다면 서초동 아저씨가 '창광猖狂'이 된 것과 무당에서 명리학을 가르치는 교수가 된 것이다. 세상이 변한 것인지, 내가 변화된 것인지? 전과는 달라져 있다.

변한다는 것!

누구의 아들에서 누구의 남편으로, 그리고 누구의 아버지에서 누구의 할아버지로, 누구의 조상으로 우리는 변한다. 사람이 변하지 않으면 다하지 않은 것이다. 산 밑에 물이 차니 논으로 변하고 산 위에 빛이 차니 밭으로 변한다. 땅이 변하지 않으면 때가 안 된 것이다. 변하기 위해서 목적이 꼭 있어야 하거나, 고지가 필요하거나, 꿈이 있어야 하거나, 희망이 있어야 할 필요는 없다. 오히려 소원이라는 목적이 변화를 방해할 수 있다. 나는 장담할 수 있다. 변하기 위해서는 그냥 재밌으면 된다.

더큼학당 학장 송지나!
1호 양춘자!
아들 김동현!

계묘癸卯년 춘春 향선각에서

창광 김성태

一
장

———————

가
림
들

# 가림을 만나다

## 정이

우리 동네 상용리上龍里는 용의 머리라는 뜻이다. 뒷산은 무성산 남쪽 끝자락이고, 동내 어귀는 정안천이 흘러 얼마 못 가 금강을 만나는 곳이다. 세 개의 부락으로 이루어졌는데 윗동네는 '독골'이라고 하고, 우리 동네는 '복용'이라고 한다. 동네 입구 마을은 '원터'라고 부르는데, 버스 정류장이 생기면서부터는 옆동네 이름을 따다가 '모란'이라고 부른다. 우리 동네 앞에는 무성산에서부터 흘러내리는 냇물이 있는데, 이름이 앞냇물이다. 냇물 넘어 산은 앞산이고, 집 뒤에 있는 산은 뒷산이다.

모란 정류소에는 버스가 하루에 두 번 정도 다니는데, 나는 한 번도 타보지는 못했다. 2학년 때인가, 학교 가는 길에 광주고속

아저씨가 태워준 적은 있어서 버스를 전혀 못 타본 건 아니다. 우리학교는 석송리에 있는데, 집에서 걸어 한 시간 정도 걸린다. 학교가 우리 동네에 있으면 '복용 국민학교'라고 했을 텐데, 그 동네 이름을 달고 '석송 국민학교'라고 부른다.

복용에는 스물두 가구가 사는데 거의 이(李)씨들이고, 김 씨는 우리 집 한 곳이다. 위에서 세 번째 집인 우리 집에는 증조할아버지, 증조할머니, 박 가(哥) 할머니, 아버지, 엄마, 삼촌, 형 둘, 나, 동생 이렇게 산다. 증조할아버지는 1학년 때 술 자시고 논인가 냇물인가 건너오시다가 잘못해서 돌아가셨다. 맨 윗집은 상규 형네 집인데, 점도 보고 굿도 하는 집이다. 두 번째 집은 기택이 형네 집인데, 기택이 형 엄마는 건너 마을 교회에 다니신다. 가끔 이상한 말씀을 하시는 것이 무섭다.

세 번째 집이 우리 집인데, 증조할머니가 소주를 잘 자신다. 어디서 얻어오는지는 모르지만 가끔 빨간 복주머니에서 떡을 꺼내주신다. 네 번째 집은 원묵이네 집인데, 원묵이 엄마가 읍내에 있는 성당에 다니느라 가끔 좋은 옷을 입고 나간다. 가끔 원묵이 엄마 친정식구들이 서울에서 다니러 오면 양장을 입은 여자들 여럿을 실컷 구경한다. 난 양장 옷은 한 번도 못 입어봤다. 여름엔 누런색 한복바지에 저고리를 입고, 겨울에는 엄마가 뜨개질해서 떠준 '도꼬리(실로 뜬 목이 긴 스웨터)'를 입는다. 가끔 쫄쫄이 바지를 입기도 하는데, 명절 같은 무슨 좋은 날에 한해서다. 신발은 까막 고무신을 신는데, 자꾸 길라져서 들고 다닐 때가 많다.

다섯 번째 집은 계묵이네 집인데, 원묵이네와 사촌 간으로 이 계묵이다. 열 번째 집에 이 씨네 가장 어르신이 사는데, 우리 동네에서 제일 부자다. 가끔 개구리를 꿰미에 끼워서 잡아다주면 사탕 하나씩을 준다. 돼지를 두 마리 키우는데 개구리를 아주 잘 먹기 때문이다. 물뱀도 아주 잘 먹지만 물뱀을 잡아본 적은 없다. 그리고 그 할아버지 집에는 대청마루에 스피커가 있어서 날이 저물면 동네 사람들이 연속극을 듣는다고 모두 다 모인다. 맨 마지막 집은 무슨 서방네라고 하는데 듣지 못한 성씨다. 높은 언덕에다 큰 집을 짓고 사는데, 노인이 무섭게 생겼다.

동네 밖으로 나가려면 냇물을 건너야 하는데, 돌다리가 커다란 돌 세 개만 놓여져 있다. 물이 불면 산으로 돌아서 다니고, 겨울이 되면 물이 얼어서 그냥 건너도 되지만, 평상시에는 그냥 건너기가 힘든 돌다리다. 어른들만 큰 보폭으로 돌을 디디고 건너지 우리들은 물에 들어가서 건너야만 했다. 맨날 버선을 벗고 건너야 하는 통에 내가 작은 돌로 다리를 놓았는데, 쓰레기가 걸린다고 어른들이 치워버렸다. 날씨는 추운데 얼음이 안 얼면 상엿집 옆으로 돌아다녀야 했다.

겨울에는 논과 냇물이 얼면 한 발 썰매를 탔다. 우리 동네에서 내가 제일 잘 탔다. 내 썰매는 이 씨 할아버지네 돼지 밥 주는 빠께스(양동이)를 몰래 훔쳐다가 뜯어서 썰매 날을 달았기 때문에 아주 잘 나갔다. 그리고 한 번 타고 나면 냇물에 있는 차돌로 싹싹 갈아서 날을 세워두었다. 다른 애들 썰매는 쓰레받이로 만든 거라 오래 타면 휘어져서 못쓴다. 엄마는 입을 옷도 없는데 옷만 버려온다고 썰매 타는 것을 싫어하셨다. 언젠가는 짚단으로 불을 피워서 말리다가 끄트머리를 누렇게 태워 혼난 적도 있다.

증조할머니가 돌아가시자, 아버지는 내가 썰매 타는 논 바로 뒷산에다 장사를 지내셨다. 좀 무섭기는 하지만 괜찮다. 형들은 맨날 산에 가면 애장(아이의 시체를 싼 짚, 혹은 무덤)이 나온다고 하지만 나는 무섭지 않았다. 한번은 칡뿌리를 캐러 갔는데 애장이 나온다고 다 도망가서, 내가 곡괭이하고 칡뿌리를 전부 들고 온 적도 있다. 형들은 토끼를 쫓다가 달음질을 못해서 놓치고는 애장을 만나서 못 잡았다고 핑계를 대곤 했다. 어쩌다 토끼 한 마리 잡으면 실컷 먹고, 가죽을 벗겨서 귀마개도 만들었다.

■

할머니가 여물을 쑤려고 사랑방에 불을 때고 있었다. 나는 썰매를 들고 논으로 갔다. 한참을 타고 있는데, 증조할머니 산소 있는 데서 어떤 사람이 쑥 날아와서 나를 획 하고 낚아채는 바람에 넘어지고 말았다. 일어나보니 큰 기와집들이 즐비한 곳에 와 있었다. 이 씨네 할아버지 집보다 무지 크고 많았는데, 맨 앞쪽 집은 더 크고 높았다. 양쪽으로 기와집이 다섯 채씩 죽 늘어서 있었다. 어떤 여자가 앞에서 두 번째 집에서 나오더니 나를 데리고 들어갔다. 원묵이네 외갓집 여자들보다 이쁘게 생겼다. 한 번도 보지 못한 한복을 차려입었는데, 입성에 비해 말이 퉁명스러웠다.

방에 들어가니 머리에 이상한 건॥을 쓴 아저씨가 나를 반갑게 보았다. 나는 누구고, 너는 누구라는데 잘 모르겠더라. 한참 말씀하시다가 이 애는 '정'이라는 아인데, 네 '시종'이라고 하시며 데려가서 지내라고 하신다. 그리고 여기가 너희 집인데, 나중에 볼 거라고 하신다. 그러고 나서 나는 그 여자하고 나왔다. 맞은편 기와집에서 많은 사람들이 나와서 구경을 하고 있었다. 그 여자는 홍자 누나가 시집 갈 때마냥 울고 있었다.

■

**어쩌다 보니 썰매 손잡이가 부러져 있었다. 어린 소나무를 잘**

라 만든 것인데, 부러져버렸다. 충제네 할아버지한테 톱을 빌려다 다시 만들어야 썰매를 탈 수 있는데… 무서워서 막 달려 집으로 갔다. 썰매를 덤탕 옆에 숨겨놓고 부엌으로 가보니 엄마가 아궁이에 불을 때고 있었다. 물을 길어오라고 해서 물지게를 지고 두 통을 길어왔다. 아무리 추워도 우리 동네 우물은 얼지 않았다. 물 바가지가 커서 물을 끌어올리는 데 힘이 들었지만 어른들은 잘도 했다. 엄마는 좀 게을렀다. 할머니가 일어나고서도 한참 뒤에야 일어났다. 형들은 더 게을렀다. 엄마가 학교 가라고 부지깽이로 패야 겨우 일어났다. 방학이면 점심 때 고구마를 먹을 즈음에야 일어났다.

아버지는 사랑방에서 새벽부터 글을 읽었다. 근데 아버지는 글만 읽었지 일은 설었다(어설펐다). 맨날 엄마하고 할머니가 전부 하셨다. 마당도 안 쓸어서 맨날 내가 쓸었다. 승질만 고약스러워서 집에 탈이 많았다. 형들은 아버지를 무서워했는데, 난 별거 아니었다. 그까짓것 우리 반에서 3등만 하면 아버지는 아무 문제가 없었다. 아버지는 맨날 똑같은 글을 소리 내서 읽으셨는데 무슨 말인지는 모르는 것 같았다(내가 보기에 그렇다는 것이다).

"엄마, 나 나중에 부자 될레나벼. 큰 기와집이 생길 거 같어. 종도 부리고…."

　　　　　　　　　　　　　一장·가림들

"그러면 오죽 좋겄냐."

_경술년 기축월

# 기산

싸리문 밖에는 눈이 하얗게 쌓였고, 마당에는 발자국이 이리저리 나 있었다. 초가지붕 위에는 아직 걷어내지 않은 조롱박 넝쿨이 묘하게 얽혀 있었다. 사랑방 손님들이 초저녁부터 모여드는 것을 보면 오늘은 늦은 밤까지 일할 모양이었다. 한편에서 새끼를 꼬면서 웃고 떠들었다.

일 잘하는 마실이는 광에서 가마니틀을 꺼내 사랑방으로 옮기려고 들썩거리고 있었다. 마당에서 이상한 울음소리가 들리기에 나가보니 발자국이 선명하게 나 있다. 분명 두꺼비 울음소리다. 겨울에 웬 두꺼비 발자국… 하면서 사랑방 손님들이 구경을 한다.

안방에서는 사내아이가 태어났다. 한겨울에 난데없는 두꺼비 울음소리를 듣고 태어난 것이다. 때는 1954년 12월 4일 술시다. 아버지는 귀신 밥을 먹어야 될 것 같다며 족보 이름과는 다르게 별호別號를 기산岐山이라고 지었다. 기산은 어릴 적부터 사랑채에서 일꾼들이나 동리사람들과 가깝게 지내는 걸 좋아했다. 그 모양을 본 아버지는 가끔씩 자신이 근무하는 이리역(익산역)으로 데려가서 "이리 가믄 서울이고, 저리 가면 부산인겨"라고 일러주셨다. 그리고 할아버지가 계신 황등의 석산에 데려가서는 "이것은 보령 오석이고, 저것은 황등석여"라고 하셨다.

1970년 겨울방학에 아버지는 기산을 계룡산 아래 경천골로 데려갔다. 평소 아버지의 스승과도 같은 은퇴하신 역장님을 뵈러 간 것이다. 솟을대문에 기와집 그리고 집 뒤의 대나무 위에 하얀 눈이 금방 떨어질 것 같은 위태한 자세로 앉아 있었다. 멀리 보이는 하얀 돌산이 계룡산이고, 집 앞에 보이는 아담한 봉우리가 치국산이라면서, 역장님의 신씨 부인이 운영하는 '기도터'라고 하셨다.

"아버지, 산 모양이 쌀 됫박에 쌀이 한 됫박 담겨 있는 것 같은디 먹으려고 하는 짐승이 어디 있것는디유?"

"니가 그렇게 말하니 그런 것도 같다야. 짐승 닮은 산이 어디 있는지는 몰것다야."

"지가 찾아볼게유."

"그려라."

一장·가림들

■

역장님 댁 대문 밖에 가오리연이 날고, 치국산 천준단 바위 위에서 한 아이가 그 모습을 쳐다본다.

아이는 자기가 서 있는 곳이 어디이며, 무엇을 하는 곳인지도 모른다. 아이 아버지가 자신의 명이 짧다고 대수대명代數代命(재액을 남에게 옮김)하러 치국산에 온 것과, 날아서 헤엄치는 가오리연의 주인이 나그네의 자식이라는 것은 안다.

■

_을사년 정해월

# 황무길

무길을 만난 것은 무오년 여름이다. 장맛비가 주룩주룩 오는 토요일이었다. 학교가 끝나고 집에 가려고 차부로 가는 중이었다. 파아란 덮개에 대나무 받침대의 작은 비닐우산으로는 80킬로가 넘는 내 몸을 전부 가리지 못하여 바지와 어깨는 벌써 젖어 있는 상태였다. 교복 바지는 이미 무릎까지 흠뻑 젖었다.

농촌의 비는 논밭을 젖게 하는데, 도시의 비는 다리를 젖게 하는구나….

고약한 몸 냄새가 내게서 풍길 때쯤 등 뒤에서 누가 부르는 소리가 들렸다. 여자 목소리였다.

"여보 낭군, 우산 좀 같이 씁시다."

"누우구…?"

돌아보니 어디서 본 듯한 남녀가 서 있다. 흑백 TV 안테나가 바람에 흔들릴 때의 화면처럼 뚜렷하지 않은 모습이다.

"이분 모셔왔으니까 잘 지내봐."

"윽…."

'정'이었다. 귀신은 늙지 않는가보다. 그때 모습 그대로였다. 그리고 옆의 남자는 휘어진 칼을 들고 옛날 복장을 하고 있었다. 허리춤에는 작은 칼이 삐죽이 나와 있었다. 무협지에서 보던 부채를 든 멋진 모습과는 차이가 있었다.

정이는 처음 본 지가 10년은 넘은 것 같은데 하나도 나이 들어보이지 않았다. 이런 황당한 일이 왜 이리 낯설지 않은지 모를 일이다. 무섭지도 않고 도리어 반가운 마음이 드니 이게 다 무어란 말인가. 치국산 무당들은 귀신이나 신을 만나면 슬프다고 하던데 나는 슬프지 않은 것을 보면 단단히 미친 것이 분명했다.

정이는 황당한 설명으로 무길을 소개했다.

성은 황가고, 벼슬은 없지만 살아생전에 '황장군'이라고 불렸단다. 고향은 황해도 해주이고, 인조 때 공주에 내려와서 아직도 치국산성에 머물러 있다고 하는데, 나는 하나도 알아들을 수 없었다. 그냥 차림새가 거시기할 뿐이었다. 또한 인사는 내가 먼저, 어른 대접하면서 해야 하는 것이 우리 같은 촌사람에게는 당연한 것인데, 그분이 나를 '거시기' 했다. 여하튼 셋은 나이를 정하기로 했다. 정이는 18세, 황무길은 23세, 나는 계속 나이를 먹어가니 좀 있으면 내가 가장 어른이 될 것이다. 그렇게 결론을 짓기로 했다. 벌건 대낮에, 이건 미친 짓이다. 앞으로 얼마나 더 많은 미친 짓이 벌어질지 모르겠지만 말이다.

_무오년 기미월

■

## 허유곽

언제부턴가 산사를 찾으면 정성을 다해 기도를 하기보다 구경만 하는 무심한 행동을 하고 있었다. 내가 스스로 기도를 안 하면 벌을 받을 것 같은 죄책감 때문에 의무감으로 찾는 것 같기도 했다. 그리고 눈요기로 감정을 채우고 입으로 배를 부르게 하니 한심하기 짝이 없는 모습이었다. 하여 기산선생과 더불어 귀로 듣는 즐거움도 느껴보기로 하였다.

내 스스로는 귀로 무엇을 듣고 나서 또 듣고 싶다고 느껴보거나 생각해본 적이 없는 것 같다. 칭찬, 욕, 반대, 찬성 등에 익숙하지 않은 생활 같다. 혼자 말하고 혼자 듣는 생활을 즐겨한 것 같다. 듣지 못하면 말을 못한다는 것은 누구나 다 아는 사실인데 말이다. 내가 평소에 말이 거칠고 투박한 것은 들을 줄 모르는 인간이라 그런 것 같다. 백문이불여일견百聞而不如一見이라는 말이 있다. 듣는 것보다는 보는 것이 더 많은 효과가 있다는 말 같은데 맞는지는 모르겠다.

계미년 여름!
계룡산에 머물면서 지낼 곳을 잃고, 누울 곳을 찾던 적이 있었다. 연천봉 끝자락에 위치한 우거寓居를 발견하고, 당진 난지도에서 명리命理와 어업을 겸하신다는 허유곽 선생을 초청하였다. 기산선생과는 초면이라 반갑게 인사를 나누고 자리를 보러 함께 떠났다.

"사부님이 보신 자리입니까?"
항시 허 선생은 나를 사부라 부르는 것이 특징이다.
"네, 요긴하게 쓰것는지 봐줘유."

"이 장소의 안택安宅을 보라는 말씀이십니까? 아니면, 사부님이 이곳에 오셔도 되는지를 봐달라는 말씀이신지요?"

"먼 말씀이신지…?"

"그러니까! 이 장소의 풍수지리를 보라는 말씀이신지, 사부님이 이 집에 사시면 어떤지를 보라는 말씀이신지를 묻는 것입니다."

"근디, 그것이 머가 다른가요? 헷갈리는디유. 말귀가 어둬서."

"엄청 다르지요. 이 집을 풍수지리로 판단한다는 것은 지형을 살펴 집의 안택을 보는 것이고, 사부님이 이곳에서 사시겠다는 것은 지명地名을 먼저 파악해야 하기 때문입니다."

"아! 그런 뜻이…."

"지명에는 음音으로 판단하는 음오행音五行이 있고, 뜻으로 판단하는 자오행字五行이 있습니다. 물론 음과 글자로 판단하지 않고, 사연이나 설화나 신화가 깃든 지명도 많지요."

"복잡해지네요."

"가령, 집 앞의 산을 앞산이라고 한다면, 지형으로 판단하면 화火(주작)가 됩니다. 하지만 앞산 이름이 무성산이라면 음오행으로 'ㅁ'은 물이니 '수水'로 보는 것입니다."

"음."

"그러니까 지형을 살펴 그 집의 안택을 보는 것과 사부님이 이 동네에 와서 산다는 것은 다른 개념이지요."

"그렇게 깊은 뜻이 있단 말이어요?"

"그런 셈이지요."

"그럼, 저는 이 집에 살고자 왔는데요."

"그렇다면, 사부님이 이 동네에 들어와서 살고자 하는 목적과 부합되는지를 먼저 판단해보아야 합니다."

"네."

"사부님은 창광으로 불리고 있으니, 'ㅊ'은 '금金'입니다. 이 동네 이름이 하대리니 '토土'가 됩니다. 허면, 사부님에게 이곳은 '부父'가 되는 것이지요. '부'면 사부님에게 이 집은 기도터이고 학습장과 같은 용도로 사용될 것입니다."

"그 말씀이 맞는 거요?"

기산선생을 돌아보며 말했는데, 허 선생이 바로 말했다.

"맞아야 저도 벌어먹고 살지요."

"신통하고만요."

"다른 것들도 예를 들어보면, 성태가 공주고등학교에 입학한다고 한다면, 금金이 목木에 입학한 것이니 관官이 되지요. 허면, 고교시절에 폼만 잡다 나왔거나 학교가 멋있어서 다닌 것이 되네요."

"어! 공부 열심히 할려고 들어갔는디."

"성태가 해병대에 자원 입대한 사연을 판단해보면, 금金이 토土에 입대를 하였으니 부父가 되네요."

"네."

"해석을 하면, 공부를 하려고 군대에 간 것은 아닐 것이니, 당시에 불안한 심기를 안정시키려고 자원입대를 한 모양입니다."

"맞네요! 그거 재밌는데요. 그럼 저녁은 계룡산장에 송어회를 먹으러 가야것다는 생각이 드는디, 사연이 있나요?"

"그것은 성태가 계룡산장에 가는 것이니, 금이 목에 가는 것이네요. 그러면 관과 같은 것이니, 제가 왔다고 위엄을 세우느라 가는 것이 되죠. 그리고 송어회는 수水이니, 손孫으로 제자 만나서 먹으러 가는 것이 틀림없네요"

"갖다 붙이니까 전부 말이 되네요."

"제가 말 갖다 붙이러 계룡산에 온 줄 아세요?"

"알았어요. 송어는 내가 살게요."

기산선생이 거들었다.

"좋다면 좋은 것여. 오늘은 전부 좋네요."

_계미년 신유월

# 상생상극
### 相生相剋

**父(부)**  나를 생生하는 것으로 안정, 학습, 편안함, 부모, 공경, 필설筆舌, 학교, 기도, 정신, 장유長幼지간 등으로, 명리命理에서의 인성印星과 같은 뜻을 가진다.

**관(官)**  나를 극剋하는 것으로 명예, 관공서, 남성, 지위, 위엄, 위세, 군신지간 등으로, 명리에서의 관성官星에 해당하는 뜻을 가진다.

**형(兄)**  나와 비화比化하는 것으로 친구, 동료, 형제, 모임, 합숙소, 경쟁, 소비, 붕우朋友지간 등으로, 명리에서의 비겁比劫에 해당하는 뜻을 지닌다.

**손(孫)**  내가 생하는 것으로 자손, 부하, 제자, 이득, 의식주, 장사, 시장, 욕심, 육체적 행위, 공연, 식물, 사육, 어린이, 보호소 등으로, 명리에서의 식상食傷과 같은 뜻으로 해석된다.

**재(財)**  내가 극하는 것으로 재물, 여자, 유흥, 여행, 숙박, 거래 등의 뜻으로, 명리에서의 재성財星과 같은 뜻으로 해석된다.

# 서울 가는 길

## 집을 나서다

흐트러진 문풍지 사이로 황소바람이 들어올 적에 안마당에 하얀 발자국 남기고 싸리문 열면서 "저 가요", 동네 어귀 돌다리 지나서 상엿집 앞 굽어진 소나무에 기대어 "갔다 올게요" 한다.

담뱃가게 어르신 새벽녘에 막걸리 거르는 소리 들으면서 신작로에 들어서니 앞만 보인다. 높은 행길 지나서 차령고개 넘어설 때, 구만 리 너머 장군산에 새벽달은 희미해지고 회색빛 안개 속에서 붉은 해가 솟아오른다.

뛰다 걷다 하다보니 천안 가는 1번 국도다. 이 길 따라가면 서울이구나. 며칠 전부터 준비한 고구마와 밤, 어제 새벽에 긁어둔 누룽지를 다섯 끼로 나눠서 아침을 먹었다. 찬 것이 들어가서 그런가 도꼬리 사이로 찬바람이 느껴졌다.

두어 시간 남짓 걸어서 천안 차부에 도착했다. 막국수도 팔고 호두과자도 판다. 그냥 120원 주고 성환까지 가는 시내버스 토큰을 샀다. 뜨끈한 숭늉이나 먹었으면 하는 생각을 하면서 잠시 졸았나보다. 정이랑 증조할머니가 내리라고 한다. 끈 떨어진 상갓집 개 모양으로 버스에서 내렸다. 한참을 걸으니 넓은 뜰이다. 앞은 평택 가는 길, 이짝으로 가면 아산 가는 길, 저짝으로 가면 안성 가는 길이다. 나는 앞으로 가야 서울에 간다.

## 쪽박산 군웅

백 발짝을 걸으면 전봇대 한 칸 거리니까 50미터 정도 된다. 1백 미터를 가려면 두 칸을 걸어야 한다. 제대 날짜 헤아리듯이 전봇대 숫자를 세어가면서 걸었다. 겨울 산과 겨울 길에는 먹을 것이 없다. 해가 서쪽으로 한 발이 빠진 시간에 오산천에 도착하였다. 한 발 먼저 가던 황무길이 전언을 한다.

"쪽박산 군웅이 뵙자고 합니다."

"군웅이면 황장군과는 죽이 맞것구먼유."

"들렀다 가시지요."

"그러지요. 함박이 아닌 쪽박의 군웅이라."

나보다 조금 촌스럽게 생기신 군웅이 인사를 한다.
"저는 매봉산 군웅입니다. 선생께서 해주실 일이 있어서 찾아왔습니다."
"매봉산에 무슨 일이?"
"아닙니다. 우면산의 쪽박산 군웅께서 선생께 신령을 의탁드리고자 해서 인사드립니다."

내가 아직은 저들의 말을 전부 이해하지 못하고 있는 것을 아는 황장군이 대신 설명을 해준다. "서울에 '우면산'이라는 곳을 지키는 쪽박산 군웅터를 사람들이 파 없애는 바람에, 그곳을 지키던 군웅신장께서 몸을 의탁할 곳을 찾던 중에 선생을 택하셨다 합니다."
"아, 그러셨구나. 하지만 내가 터도 아니고 어떻게 받아들이지요?"라고 하니, 매봉산 군웅께서 말씀하시기를 "아, 그런 게 아닙니다. 선생을 평생 모시고 지내겠다는 뜻입니다" 한다.
"음, 황장군 생각은 어떤가요?"
"저야 쌈박질밖에 모르지만, 그분은 책략이 뛰어나다고 하시니 상의를 해보시지요."
"전봇대 개수밖에 셀 줄 모르는디 큰일이군. 그럼 만나봅시다."

# 군웅과 친구 되다

황장군이 묻는다. 쪽박산이 무슨 뜻이냐고. 글자 그대로 큰 산 옆에 자리 잡은 조그만 바가지 같은 산이라는 뜻이다. 쪽박산이 있는 곳은 산길과 물길이 서로 다투어 비가 오면 산길이 물길을 막아서 홍수가 나고, 사람 사이에도 기득권층과 비기득권층 간의 다툼이 많이 발생한다. 흔히 쪽박 찬 동네란 의미가 담겨 있기도 하다. 이곳의 매봉산에도 쪽박산이 있으니 바람 잘 날이 없는 동네임에 틀림없다. 쪽박산 군웅은 수로를 조정하고, 산신과 타협하여 인간을 보호하는 직책이다.

왼손에는 나무의자를 들고 있다. 머리는 바짝 자른 모양이고, 의복은 중학교 때 내가 입던 유도복처럼 생겼다. 만나자마자 마치 할 말이 있다는 듯 내 왼손을 잡는다.

"선생! 할 일이 많습니다."

부탁하는 어투가 아니다. 마치 지시하는 듯한 어투다. 정이는 '폼 잡고 지랄하네' 하는 듯한 표정을 짓고, 황장군은 깍듯하다.

■

쪽박산 군웅을 만나 곁에 두게 된 것도 인연일 것이다. 하늘이 정하는 것이니 나의 운명도 인연 따라 갈 것이다. 아마도 그 인연

一장·가림들

은 산길이 물길을 막고 때마다 홍수와 가뭄이 교차하는 터를 고르겠지. 그가 택한 장소가 나의 운명이 될 것이라고 짐작을 해본다.

오늘을 신결慎訣(점 치는 방법 중의 하나)로 펼치니 갑자년 병자월 갑오일 임신시에 개울과 바닷물이 들랑거리는 곳에서 군웅을 친구로 만난다고 되어 있다.


천변 언덕을 따라 해가 기울 때까지 걸으니 목이 마르다. '이럴 때 칠성사이다 한 모금이면 끝내주는 건디' 하고 속으로 지랄을 해본다. 앞에 보이는 산이 아마 팔봉산일 것이다. 바람을 피하기 위해 산성 벽과 벽 사이에 자리를 잡고 앉았다. 도꼬리 위에다 복합비료 푸대를 입고, 가랑잎을 긁어모아 자리를 깔고 쉴 준비를 했다.


## 시린 손끝

부모들이 자식을 두면 안 아픈 손가락이 없다고 하던데, 나는 자식도 없는데 왜 이리 손가락이 시린가. 고구마하고 동치미 무수(무)가 생각난다. 엄마랑 사랑방에서 가마니나 칠 걸, 하고 후회도 든다. 몸에 힘을 빼고, 두 손은 사타구니 난로에다 넣어놓았다. 지금쯤 엄마는 "미친놈, 어디를 지랄하고 다니느라고 안 들어오는

겨"할 것이다. 나는 아마도 우리 엄마의 시린 손끝인 것 같다.

정이는 내가 열 살 때에 부실전薄室殿에서 데려왔다. 가림들은 나이가 들지 않는다. 내가 만났을 때에 18살이었는데 아직도 18세다. 워낙 머리가 부실공사라 암것도 모른다. 대개의 가림들은 귀신이 곡을 한다고 하는데, 말이 천녀天女이지 진짜는 머리가 이상해진 여인과 같다. '증말 멀 모른다'. 아는 말이 하나 있는데 그것이 명실상부名實相符다. 어디 필요해서 알고 있는지는 모르지만 무슨 말 앞에 혹은 뒤에 붙인다. "명실상부하게… 궁시렁궁시렁" 하는 것이다. 그래서 내가 이름을 지어주었다. 넌 나의 못釘(정)이다. 내가 우리 엄마의 시린 손끝이듯, 정이는 내 눈두덕에 고드름과 같다.

■

자시가 되었다. 황장군이 번을 세우고 북을 친다. 쪽박군웅은 자기 의자에 앉아 있다. 모양이 거만스럽다. 못은(정이는) 할일없이 주섬주섬거린다. 나는 북쪽 벽에 붙은 풀 이파리처럼 바들바들 떨고 있다. 밥이 나오는 것도 아니고 쌀이 나오는 것도 아닌디 먼 지랄인지 모르것다. 여하튼 씨발이다. 서쪽 끄트머리에 눈썹달이 꺼질 듯이 떠 있다. 나도 눈깔을 꺼질 듯이 뜨고 있다. 입에서 '주여'가 절로 나온다. 아 씨발 교회나 갈걸! 한참을 씨부렁거렸더니 몸이 좀 풀린다. 새벽길을 재촉하여야 하니 황장군이 말에 오른다.


# 군웅이 묻는다


쪽박군웅이 묻는다.

"김 선생, 하늘이 무엇인지요?"

"규칙이지요."

"규칙은 무엇을 하나요?"

"먹이지요."

"땅은 무엇인지요?"

"규칙 따라 낳지요."

"낳는 것은 무엇인가요?"

"먹는 거지요."

"사람은 무엇인가요?"

"먹지요."

"김 선생은 무엇인가요?"

"모르지요."

이 가림(귀신鬼神, 백신魄神, 조상신)은 표정이 없다. 나는 뒤이어 묻는다.

"군웅선생! 어떤가요?"

"바뀐 만큼 살겠지요."

"어찌하면 바꾸지요?"

"내 마당에 증오를 심지 않으시면 됩니다."

"저의 마당은 무엇입니까?"

"유상무상대有相無相對지요."

어려운 말씀이기도 하고 어려운 변화이기도 하다. 유상有相(너의 마당에 경험과 인식과 생각 등을 정리하여 담아라), 무상無相(너의 마당에 아무것도 없는 모양으로 담아라), 대對(그러한 모양으로 마당을 만들고 정리하라).

"저를 바꾸려고 오셨나요?"

"바뀐 마당에서 지내고자 왔습니다."

■

하늘은 규칙을 정해주고, 땅은 낳고, 만물은 먹고 먹인다. 가림은 흠향을 하지만 사람은 먹어야 한다. 가림은 흠향에 보답을 하고, 만물이 보답할 것은 내 몸을 남이 먹게 하는 것이다.

## 못의 노래

수원을 지나 고개를 오르니 이정표에 의왕이라고 표기되어 있다. 길가의 정자에 앉아 쉬고자 하니 못(정)이 노래를 시작한다. 흔하게 부르지 않는 한양가다.

"천지개벽하니 일월이 생겼어라 성신이 광휘하니 오행이 되었어라 초목곤충 생겨날제 인물이 번성하다 오악이 용발하고 사독이 광활하다 곤륜산 일지맥이 동해로 들어올제 해룡은 기만리며 굽이는 몇 굽인고 백두산 기봉하여 함경도 넘어서서 강원도 내달아서 경기도 돌아들제… 중략 … 우리나라 우리 인군 본지백세 무강 휴를 여천지로 해로하게 비나이다 비나이다."

천지天地, 일월日月, 성신星辰, 오행五行, 초목草木과 곤충昆蟲, 인물人物 그리고 산수山水가 어쩌고 저쩌고… 하는 가사들을 보면 하늘과 땅, 해와 달과 은하수 등의 모든 것들이 우리네 삶과 연결되었다는 의미를 노래하는 것 같다.

시니[神明. 자연]들은 자연스럽고 상식적이라고 하지만, 가림[鬼神. 魄神. 조상신]들은 한번쯤 인간의 몸을 거치거나 빛나는 장소를 점령하여 군림해본 적이 있으므로, 찬양을 받아야 감응하고 정성을 다해야 감동한다. 이러한 연유로 가무와 음식이 차려지게 되는 것이다. 하지만 때와 장소 및 찬양자에 따라서 변덕이 심하다. 줏대가 없다고 해야 하나, 아니면 인간의 고마움을 모른다고 해야 하나. 여하튼 가림들은 좀 그렇다. 하지만 기자(기도자)가 허튼 짓을 하지 않는다면 가림들도 따라서 선하며, 바람과 두려움이 많다면 그것을 이용하기 위해서 가림들도 불선不善하게 된다.

_을축년 병자월

一장·가림들

# 3

# 원숭이는 원숭이를 낳고

## 아버지

신미년 남들 휴가 갈 즈음.

드디어 난 아버지를 찾아간다. 그 잘난 7천 원짜리 가방을 들고. 좆같은 군대생활을 못 잊어 애지중지하는 해병대 워커를 신고 삼각산을 올라간다.

산길을 돌아드니 굿하는 소리가 들린다. 굿당 문전에 이르니 어디서 많이 듣던 고장소리(충청도 법사의 좌경 굿하는 소리)가 분명 귀에 익은 아버지 축원소리다.

"저기 아줌니… 여기 공주에서 올라온 김 법사님 굿하는 방이 어디여유?"

"요기 끝 방인디."

열려진 방문 새로 아버지 등이 보인다.

흰 모시적삼에 구부정한 어깨, 쉰 듯하고 갈라진 목소리는 분명 아버지다. 눈물이 나기 시작한다….

주체할 수 없이 흐른다. 다시 대문을 나서서 계단을 내려왔다.

내 등 뒤에서 아버지 경문 소리가 들린다.

"이내 조상 나오나니 한숨이요 흐르나니 눈물이네… 폭포 같은 눈물 흘러 내가 되고 강물 되어 구만 리를 흘러가네…"

등 뒤에서 나오는 아버지 경문소리는 내 눈물을 재촉한다.

계단 아래 쓰레기장은 내 워커의 시험장이다. 돌담 쓰레기장이 무너지나 내 워커가 찢어지나 마구마구 차댔다. 악도 쓰고 울부짖으며 돌담을 발로 마구 찼다.

삼각산이 무너져라 소리를 질렀다. 두 시간 정도를 울고 나니 기운이 없다. 내가 왜 울어야 하는지 알 수만 있다면 얼마나 좋을까 하고 생각을 해본다.

다시 계단을 올라서 굿당으로 들어갔다. 시뻘건 눈을 하고 방으로 들어섰다. 태백산보살(아버지 신딸)은 셋째 아들 왔노라 통보하고 아버지는 내 시뻘건 눈을 강 건너 불 구경하듯 쳐다보신다.

나는 말씀을 드렸다.

아들을 낳은 것과, 명리학을 공부한 것과, 점쟁이가 된 것과, 지난 몇 년을 이유 없이 울어야 했던 것과, 미칠 것 같아서 아니 미치지 않으려고 벽만 보면 들이받았던 다 헤어진 내 머리도 보여드렸다.


옆에 있던 보살이 말한다.

"선생님, 셋째 아드님 떡 해먹어야 할 것 같은디요. 할아버지가 오신 것 같아요?"

아버지가 혼자 조용히 말씀하신다. 나처럼 욕은 안 하신다.

"원숭이가 원숭이 새끼를 낳지 뭘 낳나."

찡하다… 좆 나게 찡하다….

벽창호(내가 지은 아버지 별명)가 가끔 명언 하난 잘 지어낸다.

그러면서 아버지는 딱 한 마디 하신다.

"내일 시골로 내려와."

이것이 오랜만에 만난 나와 아버지의 대화다.


아침 일찍 도착한 시골길은 누런 들판이다. 마을 입구 네 마지기 논에서 아버지는 피(잡초)를 뽑고 계신다.

"집에 들어가지 말고 산에 가 있어!"

아마 치국산을 말하는 것일 테다.

매정한 아버지의 말씀을 뒤로하고 치국산으로 향했다. 갑자년 엄마의 암을 치료한 곳이다. 돌을 두툼하게 쌓아서 만든 조그만 집이 있고, 새하얀 머리에 날카로운 눈매의 할머니는 주인이시다.

집 뒤에는 천 년은 살았을까 싶은 커다란 나무(신장 단 나무)가

돌집을 누르듯이 서 있다.

나무 밑에는 조그만 옹달샘인 용궁이 있다.

나무 위의 산신단은 커다란 바위가 받치고 있다. 산신단 뒤편 서쪽은 제석단이고 제석단 위는 천존단이다. 천존단에는 항시 태극기가 펄럭인다. 자그마한 치국산 정상에는 산성이 있다. 옛 시절 병사의 주둔지라 한다.

맞은편 북쪽의 동그란 산은 납작 엎드린 해룡의 상이다. 커다란 머리를 물속에 담그고 자는 체하고 있다. 치국산은 그가 깨어나 용트림할까 두려운 듯 자그마한 모습이다.

하지만 유일하게 그의 앞에 서 있다.


저녁 늦게 아버지가 올라오셨다.

할머니와 아버지, 나 셋이 앉았다.

"여기서 얼마간 기도하고 있어봐."

"예."

할머니는 옆에서 그 연한 배를 긁어 잡수신다.

이빨이 없으신 것 같다.

"법사 아들이 백일기도하는겨? 먼 일인디?"

"애가 철학을 했대유! 아줌니가 당분간 데리고 있어봐유."

"응, 팔자면 어쩔 수 있남…"

"기도를 해봐야 알 것지유."

　　　　　　　　　　　　　　　一장 · 가림들

한 평 남짓한 방으로 배낭을 메고 들어갔다. 전깃불은 없고 타다 남은 초 몇 자루만 즐비하다. 아궁이 바닥에서 물이 나는 것 같다. 바가지로 물을 푸고 불을 지피려고 하는데 안 붙는다.

할머니가 '서울 놈들은 아궁이에 불도 못 지핀다'고 구박을 주시며 타다 남은 초와 가랑잎을 가져와 불을 지피신다.

초는 적당히 녹아내려 활활 잘도 타오른다.


저녁상이 들어왔다. 찌그러진 양은 냄비에 구수한 된장찌개 냄새가 요란하다. 제물로 쓰이고 물러나온 온갖 것들이 내용물이다.

그리고 김치 한 종지, 할머니 밥, 내 밥… 밥 또한 물러나온 것이니 죽과 다를 바가 없다. 이빨이 없으신 할머니가 드시기엔 적당하다.

할머니는 기도 법을 설명해주셨다.


"팔짱은 끼지 말 것이고, 뒷짐은 지지 말 것이고, 침은 뱉지 말 것이고, 소리는 지르지 말 것이고, 짜증은 내지 말 것이고, 화는 내지 말 것이고…" 말 것이고가 수십 종이다.

"산신전에선 산왕대신, 용신전에선 용왕대신, 천존전에선 천존대왕…. 기도 시간은 하루에 다섯 번. 한 번에 한 시간. 자시는 꼭 지켜야 한다."

각 단의 예법은 간단하지만 엄숙하게 말씀하신다.


## 첫날밤


"할머니… 저 기도 올라가려고 하는데 불 안 켜줘유?"

"눈 됐다 뭐혀!"

"잘 안 보이는데요."

"한참 서 있어봐!"

아이 씨발, 해병대보다 더하네.

아니 아버지보다 더하네… 한참 있으면 보인다 이거지.

뒤에서 금방이라도 귀신이 덮칠 것 같다. 너무 무서워서 대충하고 살금살금 기어서 내려왔다.

할머니 문 앞을 지나는 순간, "워째 산왕대신 소리가 안 들려!" 한다. 나중에 안 사실이지만 팔십 먹은 노인네 귀 하나는 21세기 레이더보다 낫다.

무서워서 그냥 내려왔다고는 못했다.

"기도가 잘 안 돼요."

"가서, 퍼질러 자!"

방에 들어와 모기 몇 마리를 대충 때려잡고 잠이 들었다.

# 꿈속에서

■

아줌마 다섯이 이고 지고 산을 올라온다.
넓은 마당에서 나물을 다듬고 있다.
나는 한 사람 한 사람 인사를 했다.

■

"밥 먹어!"
문 밖에서 할머니가 부르는 소리다. 나는 자시 기도는 까맣게
잊고 밤새 잠이 들었던 것이다. 부스스한 눈으로 밖에 나가보니
아줌마 다섯이 신장단에 나물을 올리고 있다.
모두가 간밤 꿈에 본 사람들이다.

# 둘쨋날 밤

'오늘은 졸지 말고 자시 기도를 해봐야지.'
산신당에 올라갔다.
숙달되지 않은 목소리로 산왕대신 산왕대신 산왕대신….
나름대로 열심히 기도를 하려는데, 날씨는 덥고, 모기는 뜯고,

산왕대신은 웬 산왕대신. 그냥 내려왔다.

　살금살금 할머니 문 앞을 지나가는데.

"김 법사 아들…. 왜 금방 내려와?"

"모기가 많어유, 할머니….'"

편안한 할머니의 목소리.

"몇 번 물리면 다음은 안 물어."

"……."

　단 몇 분간이었지만 사정 봐줄 리 없는 모기가 이곳저곳을 찔렀나보다. 온몸이 상처투성이다.


## 꿈속에서

■

중국인 복장을 한 남녀 한 쌍이

칼싸움을 하며

치국산 마당으로 날아든다.

남자는 큰 칼을 들고 머리를 뒤로 묶었다.

여자는 큰 덩치에 부채를 들었다.

칼과 부채의 결투다.

결판을 내지 못하고 계속 싸운다.

"밥 먹어!"

어제 아침과 똑같이 할머니의 밥 먹어 소리가 기상나팔 소리다.

셋쨋날 아침밥이다.

밥을 먹고 있는데 밖에서 소리가 들린다.

"어머니(신 어머니), 저 왔어요."

"어 논산(논산 보살님) 왔어~."

방에 들어서는데 어젯밤 꿈에 봤던 그 두 남녀다. 여자 부채 무사는 논산 보살님이고, 남자 검객은 보살님 남편이다. 꿈속의 모습과 한 치 오차도 없이 똑같다. 아마 이 보살 부부는 평생 다퉈가면서 살 것 같다.

## 셋쨋날 밤

이틀간의 경험을 살려 덥지만 운동복을 입고, 지퍼는 목까지 올리고 양말도 신었다.

최대한 모기 방어용 대책을 세웠다.

'산왕대신 산왕대신 산왕대신 산왕대신…'

모기란 놈은 이제 귀와 코, 뿐만 아니라 눈까지 침범한다.

"귀신은 머 하나 저 모기 안 잡아가고!"

'산왕대신 산왕대신 산왕대신…'

지긋이 눈감은 내 앞에 여자 한 분이 보인다.

무표정하지만 엄숙한 모습이다. 그 옆에 젊은 여자 한 분이 나타나 앉는다. 뒤로 백발 수염이 성성한 도사 복장의 퉁퉁한 할아버지가 내려오신다. 옆으로 같은 모습이지만 홀쭉한 모습을 한 할아버지가 나타나신다.

'산왕대신 산왕대신 산왕대신…'

나는 속으로, 내가 이제 도통하나 보다. 저분들이 말로만 듣던 산신님들이고 도사님들인가보다. 이틀간의 꿈도 제대로 들어맞은 것도 같고…. 그렇게 생각하는 순간, 어떤 여자가 검정 도폿자락을 휘날리며 나풀나풀 흔들며 뛰어온다.

유난히 긴 소맷자락을 자랑하듯 춤을 추며 뛰어온다.

'드디어 선녀도 보는구나.'

선녀는 나를 바라보며 윙크를 했다.

나는 빙그레 웃었다.

아주 순간이었다.

선녀는 커다란 소맷자락으로 내 앞에 나타난 할아버지 할머니들을 덮어버렸다.

순간 저절로 공수(접신 된 기자廓子가 입을 통해서 말하는 행위)가 나오고, 강降(접신 된 기자가 몸이나 손을 떠는 모양)이 왔다.

산신단에서 내려오던 일류 멍청이는 할머니 방을 보무도 당당히 지나며 산왕대신을 외쳤다. 이틀 만에 달라진 나의 모습에 할머니는 내 뒤를 따라왔다.

내 방에 들어온 나는 비료포대로 만든 부채를 들고 신통력을 발휘하기 시작했다.

"어느 신령님이 오셨나요?"

"내가 계룡산 산신님이니라."

부채를 들고 헛기침을 해댔다.

할머니는 어떤 할아버지가 오셨길래 영험한 제자를 내셨냐고 물으신다. 나는 이 도량의 산신님이라고 헛기침을 하며 공수를 내렸다. 그렇게 나는 새벽 4시가 다 되도록 이상한 행동을 계속한다.

몸을 깨끗이 씻어야 한다며 팬티만 입고 수건으로 몸을 씻는다. 이제는 중생구제를 위해서 하산을 해야 한다고 배낭도 쌌다.

나의 이런 범상치 않은 행동을 보고 할머니는 아무래도 이상했는지 아버지에게 전화를 하신다. 아버지가, 자기가 갈 때까지 내려가지 못하도록 꼭 붙잡고 있으라는 말에 할머니는 나에게 계속 말을 시켰다.

얼마 후 아버지가 첫차를 타고 올라오신다는 소리가 언뜻 들렸다. 순간 왼쪽 귀에서 무엇인가 빠져나가는 것 같은 느낌이 들었다. 갑작스런 일이었다. 본연의 나의 모습으로 돌아와 있었다.

무지하게 쪽팔렸다.

아침 일찍 올라온 아버지는 옛날 일을 얘기해주었다.

어떤 사람은 백일기도 올라와서 며칠 만에 화가가 돼서 내려간 사람도 있고, 또 어떤 사람은 며칠 만에 신통해서 내려간 사람도 있고, 어쩌고 저쩌고….

하지만 그것은 모두 '허주'(신이 아닌 똑똑한 귀鬼가 신처럼 행동하는 것)가 씌인 것이라고 설명해준다.

기도 내내 팔양경을 독송할 것이며 정면 외에 다른 곳에 시선을 주지도 말고 보지도 말고 듣지도 말고… 등등.

온갖 시험을 거쳐야 한다는 말씀이시다.

이렇게 나의 첫 번째 시험은 귀신에 홀려서 남자 망신, 아니 해병대 망신을 시킨 것이다.

귀신 잡는 해병대는 오데로 갔노, 벼엉신, 무당 망신도 시켰잖어….


## 치국산治國山 황장군


충청남도 공주군 계룡면 경천리에 위치한 치국산에는 황장군의 유래가 있다.

주민들은 지금도 그곳을 산성山城, 용신用神당이라 부른다.

인조 5년, 후금과 서인의 정책 충돌에 기인하여 후금은 조선을 침입하였다. 침략군이 황해도 의주를 거처 황주에 이르자 소현세자는 전주로 피난하고, 인조 이하 조정의 신하들은 강화로 피난한다. 조선보다는 명明을 침략할 의도가 있었던 후금은 강화조약을 맺고 철수하기로 하였으나, 조약을 어기고 의주와 진강에 군대를 주둔시켜 약탈을 일삼았다.

그 즈음 국난을 감지하여 이입이란 선비가 의주에서 의병을 조직했는데, 그 가운데 일반 평민으로 봉기하여 의병에 참가한 황장군이란 용맹한 이가 있었다.

거듭된 청의 침입으로 조선군은 참패를 거듭하여 최후에는 청태종에게 항복하고 말았다.

조선은 청에 대하여 군신의 예로써 대할 것, 명나라와의 관계를 끊을 것, 왕자와 대군을 볼모로 보낼 것 등을 요구하는 대청조약에 서명하게 된다. 호란을 겪은 조선의 충신들은 청에 잡혀가 죽임을 당하고, 조정은 지칠 줄 모르는 당파싸움으로 무참한 상태에 처하게 된다. 후대 임금은 '병자년 수치'라 하여 북벌을 계획하였으나 끝내 뜻을 이루지 못하였다.


그때, 황장군은 병사를 이끌고 나랏님의 북벌계획에 동참코자 치국산에 머물며 병사를 조련하게 되었다. 고을 이름은 하늘을 받든다는 경천敬天이라 하고, 산성 이름은 나라를 다스린다는 치국산성治國山城이라 하였다. 북벌의 때를 기다리며 국태민안을 소원하여 천지신명께 기도함과 동시에 병사의 훈련을 게을리하지 않았다.

그러나 끝없는 당파싸움은 국론분열만 가져올 뿐이어서, 황장군은 장부의 기개를 펴보지 못하고 죽음을 맞이하게 된다.

그러고 나자 그의 아들은 청의 말발굽 아래에 있는 고향으로 갈 수 없다며 치국산에 머물게 된다. 황장군의 유지를 받들어 나라의 태평을 빌고 군사들을 계속 조련시키겠다는 것이다. 그리고 마을에서는 황장군의 덕을 기리는 제를 모시게 된다.

이리하여 치국산은 세월이 흐르면서 경천 고을의 당골이 된 것이다.


병사들이 먹던 우물은 용궁이라 하여 지금도 마을에서는 치국산이란 말보다는 용신당用神堂이란 말로 더욱 친숙하게 불리어진다.

병사가 거주했던 산성은 보일 듯 말 듯이 남아 있다. 지금의 산신당은 당주인 신 보살이 꿈에 계룡산 산신님이 나타나 일러준 대로 만든 것이라 한다. 현재는 초라하게 보이는 용신당보다는 산신당이 기도하는 많은 이들의 사랑을 받고 있다.

이는 계룡산 자락이라 그런 듯하나, 그래도 치국산은 용신당이라 불리어진다.

# 백일기도

## 백일 보러 갔다가

신미년 가을.

허주에 씌어서 망신을 당한 사건 이후, 보여도 보려 하지 말고 들려도 들으려 하지 말고 산왕대신만을 찾으라는 아버지의 말씀대로 기도를 하면서 시간을 보냈다.

사실 눈에 뵈는 것도 없었고 들리는 것도 없었다.

원래는 산에 그냥 있어보라고 해서 올라왔던 것이 아닌가.

가끔은 내가 이러다 신들리는 것은 아닌가도 생각해보았다.

아무렇든 조금은 편하고, 조금은 불편하고, 가끔은 눈시울이 젖을 정도의 서러움이 밀려올 때도 있었다. 서러움이 울분으로 변할 때도 있었다. 하지만 그런 것들은 넉넉한 마음에는 침입하지 못하는 것 같았다. 아니, 쫌생이의 마음에 자리잡지 못하는 것일 수도.

치국산에 든 것이 8월 3일이었으니 동현이도 많이 컸을 테다.

5월 23일이 생일이니까 백일이 얼마 안 남았다.

분만실에서 나오는 순간 '저건 내 아들이다' 할 정도로 나를 꼭 닮았다.

신미년 계사월 계사일 갑인시 출생이다.

내가 축丑시는 넘겨야 사주가 좋다고 하는 바람에, 우리 집사람은 참고 또 참다가 5시 23분에 출산을 했다. 점쟁이를 남편으로 둔 덕에 사람 잡을 뻔하였다.

다행히 집에서 병원도 안 가고 참은 보람이 있었던지 분만실에 들어가서 12분 만에 동현이가 튀어나왔다. 못 나오게 막았다고 나오자마자 악을 쓰고 울더란다.

빌어먹을 놈이 그래도 저 잘 살라고 막고 있었는데 악을 쓰다니….

그놈이 보고 싶었다.

백일 전날, 백일잔치나 차려주자 싶어 산을 내려왔다.

오랜만에 남편이 왔다고 마눌님께서는 진수성찬을 내왔다.

찔끔찔끔 짜는 것이 영 그랬는데…. 하긴 배부르면 배부르다고 승질내고, 배고프면 고프다고 승질내고, 소리내면 시끄럽다고 승질내고…. 다루기 힘든 남편 아니던가.

一장·가림들

그런 놈이 역학 책 본다고 코앞에 얼씬거리지도 못하게 한 것이 벌써 3년 세월이다.

거기다가 이제는 산에 가서 공부한다고 내려오지도 않으니 오죽할까 싶어서 꾸역꾸역 음식만 삼켰다.

"동현 아빠… 산에서 기도하는 거예요?"

"아니야. 그냥 있는 거여."

"거기가 편해요?"

"응…."

"애기 백일이라고 내려온 거여요?"

"그랴…."

"그럼 한 번 안아줘봐요. 쳐다보잖아…."

난 왜 이런 때 승질이 나나 모른다. 보고 싶어서 왔는데.

"밥 먹고."

"……."

기저귀 채우는 놈을 쳐다보았더니 지금도 나와 닮았다. 누가 김성태 아들 아니랄까봐.

"저 새끼 나 많이 닮았네…."

"그럼요. 친구들이 작은 김성태라고 하는데…."

"동현 아빠… 한 번 안아봐요."

동현이를 안고 침실로 들어갔다. 못된 놈의 성격이 마누라 앞에서 얄궂은 모양은 보이기 싫어서였다.

손가락으로 꾹꾹 눌러보니 탱탱하다. 내 다리를 눌러보니 나도 탱탱하다. 얼굴만 닮은 것이 아니라 살갗도 불그스레하고 살집도 같은 모양이다. 보행기에 앉혀놓고 이리 굴리고 저리 굴리고 있었다.

"동현 아빠…."

"왜…."

"산에 있으면 신들리는 거여요?"

"몰러…."

"그렇게 되면 어떻게 되는 거여요?"

"몰러. 묻지 마."

이 이상 대화는 끝이다.

묻지 말라는데 더 이상 물으면 무슨 일이 발생할지 모른다는 것을 잘 알고 있을 것이다. 난 아주 나쁜 놈이다.

왜 그런지 모르지만 애 엄마에게 너무 못되게 한다. 무엇을 설명하려 하지 않는다. 그저 모든 것을 이해 받으려는 속셈 아니겠는가. 그리고 화를 버럭버럭 낸다. 뭔가를 발로 차고 때려 부수고, 벽에 헤딩을 한다.

이런 나를 수없이 보아온 애 엄마는 말이 없다.


밤 12시.

조금 있으면 나의 첫아들이 백일 되는 날이었다.

불알 달린 시계가 울기 시작한다. 대… 엥… 댕….

침대에 누워 있던 내 왼쪽 다리가 하늘로 치켜올려졌다. 대…
엥….

오른쪽 다리가 하늘로 올라갔다. 등에서 뭔가가 돌아갔다. 저
녁으로 먹은 진수성찬이 나도 모르게 입에서 흘러나오기 시작했
다. 점점 세차게 내 허리 깊숙한 곳에서 무엇인가가 돌고 있었다.
끊어질 것 같은 고통이 시작되었다.

장모님이 달려오고 애들 이모가 쫓아왔다.

"동현 아빠, 응급실 갈까?"

"안 돼. 나 지금, 죄 값 하는 중여."

아파 죽겠다는 놈이 죄 값이라는 말은 저절로 튀어나왔다. 허리
에서 돌아가는 것이 마치 선풍기 같기도 하고, 드릴 같기도 했다.

이런 고통은 처음이었다.

내 팔뚝의 살점을 도려내보기도 했지만 이 아픔에 비할 수는
없을 것이다. 겁에 질린 애 엄마가 시골에 전화를 하는가 보았다.

"아버님, 동현이 아빠가 누워서 일어나지도 못하고 너무 아프
대요."

"먹은 거 다 토하고 너무 아프대요…."


첫차를 타고 내려가기로 마음을 먹고 문 밖을 나섰다.

내 왼팔을 붙잡은 마누라는 연신 눈물을 닦았다.

대문 밖 담 옆의 트럭 위에 지팡이가 보였다.

하필 트럭에 지팡이냐….

지팡이를 짚고 부축을 받으며 택시를 탔다.

차부에 도착하니 4시다.

아직도 마누라는 눈물을 닦고 있었다.

한참을 기다리다 첫차를 탔다.

천안쯤 도착하니 조금씩 허리가 펴지기 시작했다.

산 입구에 도착했다. 마눌님과 헤어질 시간이었다. 나는 다리 건너 산으로 올라가고 아내는 다시 돌아가야 한다. 이 다리가 오작곤지 금작곤지 모르지만 묘한 기분이 들면서 헤어졌다.

산에 올라가며 뒤돌아보니 마누라는 냇가에 쪼그리고 앉아 내가 올라가는 모습을 지켜보며 울고 있는 듯했다.


"김 법사 아들! 식전 댓바람에 웬일이여?"

"아퍼서 왔슈…."

"그려… 조화는 어쩔 수 없는 거여."

나는 백일기도란 이름을 걸고 기도를 처음부터 다시 시작했다.

평소의 장난스런 모습은 사라졌고 신중하게 산왕대신을 큰소리로 찾으며 기도를 했다.

백일 보러 갔다가 백일기도 망치고 다시 백일기도를 시작한 것이다. 별 거 아니겠거니 한 것에 된통 싼 것이다.

대개의 경우 기자祈者들은 홀수로 날짜를 채워서 기도를 한다. 3일, 7일, 15일, 21일, 100일 이런 순이다.

정확한 이유가 있어서 그런 것은 아닌 듯하지만, 양과 음으로 구분하면 이해가 갈 것이다. 양은 홀수고 음은 짝수로 이해한다면, 산 자는 양이니 홀수요, 죽은 자는 음이니 짝수다.

그래서 우리는 산 부모에게는 1배 하고, 제사 때에는 2배를 한다. 또한 인간이 아닌 신을 대하는 데도 음양이 다르다.

신명神明 즉, 무속에서의 신이나 불교에서의 부처님은 양으로 정하니 홀수로 배를 올린다. 기도를 홀수로 채우는 것도 신명에게 바치는 예의라 그런다고 해석해야 할 것 같다.

그럼 백일은 뭐여? 99일만 하지…. 그러게 말이다(빌어먹을, 난 거기까지밖에 모르겠다). 아무튼, 문상을 가시거든 망자에게 2배하고, 상주에게 1배 하여 슬픔을 표하시라.


이런 일화가 있다.

어느 못된 제자와 못된 스승의 이별 장면이다.

"스승님 저는 이제 떠나렵니다."

"음, 니가 내 그릇을 보지 못하는구나."

"저의 보따리는 스승님의 잔에 들어가지 못하는 것 같습니다."

"음, 내려가서 부디 중생구제의 길을 걷도록 하거라."

"네, 스승님 절 올리겠습니다."

그리고 떠나는 제자는 2배를 한다.

"니… 어찌 2배를 하는고. 나를 망자亡者로 여기는가?"

"아닙니다. 스승님. 1배는 존경의 표시고, 또 1배는 이별의 표시입니다."

"음, 그럴싸하구나…."

떠나는 제자의 심중이 궁금하다.

스승을 망자로 여긴 것인지 망인忘人(잊을 사람)으로 여긴 것인지….

하여튼 이뿐만 아니라 우리 생활 속에는 숫자와 관련된 괘가 부지기수다.

이사갈 때 필요한 손 없는 날(손해 볼 것이 없는 날로 해석할 수 있다)이라는 0일과 9일.

흔히 우리가 화투판에서 '갑오'나 '통'이란 말을 쓴다.

갑오는 9로 끝나는 꽉 찬 숫자를 말하고, 통이란 0으로 끝나 비어 있다는 의미다. 갑오잡기 화투판에서 갑오가 나오면 싹쓸이할 수 있는 최고로 높은 숫자다. 통이 나오면 돈을 물지 않는다.

절대 손해볼 필요가 없는 숫자에 이사를 가나보다.

역학에서 말하는 택일의 중요성에 옳든 그르든 그것이 자리를 잡고 있다. 49재, 장날 숫자, 복날 등등.

왜 일주일은 7일인가?

왜 머리는 부정할 때는 좌우로 흔들고, 긍정할 때는 끄덕이는

一장·가림들

가?

우리 생활 속에서 약속처럼 행해지고 있는 일들에 원인과 뜻이 없지는 않을 것이다.


## 백일기도 중에 본 무속인들

아무렇든, 백일기도 기간에 무속인들의 공통점을 찾아보았다.

임상 자료는 3백 명 정도다.

남들이 보지 못하는 것을 보니까, 의학적으로는 착란이나 착시현상이라고 하려나?

듣지 못하는 것을 들으니, 이명증이라고 하려나? 남들은 생각하지 못하는 것을 생각하니, 편집증이라고 하려나? 여하튼 정상은 아니라고 할 것 같은데… 편집증이니 망상증이니, 그런 구체적인 '병명'이 있을지도 모르겠다.

그도 그런 게 절이나 교회에 가서 믿으면 종교라고 하고, '할아버지'를 믿으면 미신이라고 하지 않는가? 미신美神이 아닌 미신未神 말이다.

기독교의 성령에 은혜를 입어 행하는 방언과, 신이 들린 무속인이 행하는 방언 사이의 사회적 인식은 많은 차이를 보이고 있다.

모든 종교가 우리 땅에 이르러 무당 종교화 되어가니 기복祈福

을 하는구나, 하고 비웃는 자들이 생기지 말기를 소원한다.

기독교인들이 길가에서 외래인들의 큰북을 두드리며 복음성가를 부르면 선교활동이라고 생각하지만, 무속인이 우리네 북을 두드리며 국태민안國泰民安을 소원하면 미신행위 처벌법에 의해 과태료가 부과되는 세상이다.

일제의 민속말살정책과 신사참배에 의하여 '믿으면 안 된다'는 의미로 굳어진 '미신'이란 용어를, 우리나라에서조차 국민정서를 해치거나 사회에 악을 끼친다는 근거 없는 이유를 들어 단속하는 것은 아주 잘못된 것이다.


우선 궁리의 출발을 음양에 두었다. 이는 수水가 기화氣化하지 못하거나 화火가 승명昇明하지 못한 것에서 찾기로 했다. 화가 승명하거나 수가 기화 되면 양지의 직업으로 갈 것이고, 승명치 못하면 음지의 직업을 택할 것이다. 특히 화는 양 중의 양이니 수보다는 심하리라는 생각에 미치게 되었다.

오행 중에서는 목木에서 찾기로 하였다.

목은 사회문화를 태동시키는 것이고 사고력이며 미래로 나아가는 첫걸음이니, 이것이 생生하여 장長하지 못하면 나 자신의 사고력과 외부의 사고력에 마찰이 생길 것 같았다.

육신六神에서는 편인偏印과 식신食神에서 찾기로 하였다. 인이 정신적 안정과 사회적 인정을 원한다면, 식은 의식주의 안정을 원한다.

인印과 식食 중에서 인에 집중하기로 결정했다.

그래도 정신노동은 인성이 우선 아닌가.

신살神殺에서는 원진살怨嗔殺과 공망空亡에서 출발했다.

원진살은 글자 뜻이 말해주듯 사회와 주위의 배려를 받지 못하고 격리된 상태로 방치된 것과 같은 모양이다.

아이처럼 울면서 원하는 것이 많고, 며느리처럼 불편해하고, 매 맞은 사람처럼 억울하고, 바람맞은 사람처럼 의심하고, 몽상가처럼 이루지 못할 것을 소원한다.

공망은 내 빈 것을 채우려고 하니 무엇인가를 늘 찾는다. 같은 사람끼리 어울리고 다른 사람은 멀리하니 내 마음에 들어야 한다. 배 곯은 사람처럼 서운한 것이 많다. 둘 중에 원진살에 중점을 두기로 했다. 왜냐면 공망은 어딘가 모르게 평범한 일상생활 속에서 존재한다는 느낌을 받기 때문이다. 정리해보자.

신이 들리거나 신경쇠약, 우울증, 광신자 등의 정신적 결함을 가진 사주는 아래와 같다.

1. 음양陰陽은 습濕하고 굴화屈火되었을 때.

2. 오행五行은 장長하는 화火가 목木의 불생不生에 의하여 성장이 안
될 때.

즉,

절목折木: 금다목절金多木折하여 목생화木生火가 불미不美한 경우.

합목合木: 해묘미亥卯未나 인묘진寅卯辰의 합국合局으로 약화弱火를
생生하지 못할 경우.

회목會木: 해묘인亥卯寅 등의 방합方合과 삼합三合이 회會되었을 때.

3. 육신六神은 편인偏印을 볼 때.

즉 편인격偏印格, 정인격正印格에 편인혼잡偏印混雜, 인성과다印星過

多, 편인용신偏印用神, 재극인財克印.

4. 원진살은 인성印星에 원진살, 일지日支에 원진살, 관성官星에 원진
살 순으로 나타난다.


위와 같은 조건이 중복되어 나타나게 되면 인간의 마음이 분리
되어버린다.

말하자면 마음이 하나라면 둘 이상의 마음을 지니게 된다. 긍
정적인 면과 부정적인 면, 나와 신, 미움과 사랑 등으로 말이다.

심리학적으로 말하면 내 안의 하나의 정신이 분열하여 두 가지
가 된 것이라고 할 것이다.

무속에서 말하면 외부의 신이 들어와 내 마음에 의탁하거나
차지한다고 하겠다.

一장·가림들

그럼 원진살을 추명해보자.

원진怨嗔: 자미子未, 축오丑午, 인유寅酉, 묘신卯申, 진해辰亥, 사술巳戌

귀문鬼門: 자유子酉, 인미寅未, 축오丑午, 묘신卯申, 진해辰亥, 사술巳戌

사주원국이나 대운에서 원진 귀문이 있으면 인생에 해害가 가장 심하다. 인생을 살아가면서 친한 사람 사이에서 원망과 불평을 가장 많이 듣는다. 이 살성의 특성은 그 원인이 안보다 밖으로부터 발생하는 경향이 높다.

처음에는 불평과 불만으로 시작하지만 점점 시간이 지나면서 원망, 미움, 증오, 저주 등으로 자신을 몰아간다. 고독감에 깊숙이 빠져들기도 하고, 의처, 의부증으로 자신과 상대를 괴롭힌다. 우울증, 히스테리, 신경쇠약, 정신이상, 발광증 등을 발생시켜 가정생활을 해친다. 부부, 부모, 형제 등의 육친관계에서도 없는 애정을 갈구하며 인생을 결론 없는 투쟁으로 몰아간다.

부부간에는 애정을 받지 못하거나 남과 비교하거나 상대를 의심하면서 눈물로 설움을 달래야 하므로 끝내는 못살게 되는 경우가 많다. 이혼을 하고자 하여도 질질 끌며 세월을 낭비하거나 화해와 다툼이 번복된다. 부부싸움은 칼로 물 베기라지만 인생설계가 무산되고 다툼에 결론이 없다. 중요한 사건에는 똘똘 뭉치지만 사소한 사건에는 서로의 의견이 다르니 사랑싸움만은 아닌 듯하다.

이별과 슬픔, 인생의 고독을 겪어야 직성이 풀리는 원진 귀문을 우리는 자애自愛로써 물리쳐야 할 것이다.

스스로 자신을 사랑하는 마음을 갖지 못하면 덫에 걸려든 참새와 같이, 살려고 몸부림쳐도 나오지 못하는 정신 상태를 경험하게 될 것이다. 특히 남에게서 발생하는 것이 아니고 친하게 지내야 할 사람 간에 발생하는 것이니 더욱 가슴이 아프다.

이 살이 있는 자는 내 이상과 생각대로 세상과 사람이 따라주지 않는 것이니 자신과 먼저 타협하여 버릴 것과 구할 것을 구분해야 할 것이다. 직업이 종교인, 사상가, 예술인, 작가, 예언가 등이면 원진살을 직업 능력으로 전환시켜 사회에 이바지할 수 있다.

세운에서 원진이면 환경변화 욕구가 발생하나 지체 연기될 것이다. 좋은 계획은 성사가 어렵고 나쁜 계획은 성사가 빠르다. 오래도록 친하게 지내던 사람과 마찰이 예상되니 주의하라. 과거를 회상하며 슬피 울고 미래를 불안해한다. 한숨, 눈물, 괜한 공허감, 억울한 마음, 불화, 불안, 타인의 방해 등이 원진의 세운 감정에서 나오는 단어들이다.

글로서는 한계가 있지만 좀 더 자세히 보면 다음과 같다.


묘신卯申원진─장군이나 신장신. 어려서부터 직업적 특징이 보인다. 신동 소리를 듣는다. 여자라 하여도 의리가 있고 강한 면을 지니고 있다. 연장(칼 같은 도구를 사용)을 사용하는 직업에 종사

한다.

사술巳戌원진—도사신. 문장가. 선비적 성격, 꽁한 면을 지니고 있다. 남들 눈에 품위가 있어 보인다. 논리적이다. 부부간에는 속으로 삭힌다. 오래 걸리거나 늦은 나이에 실력 발휘가 된다.

진해辰亥원진—부인신(불사나 대신), 선녀신, 히스테리가 심하다. 받기를 좋아하고 칭찬을 좋아한다. 경쟁을 싫어하고 남과 비교되기를 좋아하지 않는다.

축오丑午원진—객귀. 나와 다른 성씨의 신. 성격이 폭발적이다. 음주 등으로 자신을 잊으려 한다. 감정이 격해지거나 음주 시에는 폭력을 사용할 수 있다.

자미子未원진—불리지 못할 신. 멍하니 가만히 있다. 자기 뜻을 확실히 표하지 않는다. 조용하다. 속으로 고민한다. 당하고만 산다. 결정을 빨리 못한다.

인유寅酉원진—가끔씩 신기가 발동한다. 주기적으로 무슨 일이 벌어진다. 슬럼프, 그때만 되면 어딘가 가고 싶다. 운에서 만나면 신기가 왕성해지고 원진살 고유의 특성이 나타난다.


아무튼, 하라는 기도보다 산에 올라오는 기자님들 붙잡고 생년월일만 적고 있었다.

그래도 치국산 시계는 돌고 돌아 백일이 다가왔다.

세월은 신미년을 넘어서기 시작했다.

# 5

# 내림을 받다

## 명산 기도

임신년 추위가 안 끝난 봄.

백일기도를 끝내고 산을 내려온 지도 꽤 많은 시간이 흘렀다. 내림굿 날짜가 정해지고, 사무실은 가리봉동에서 봉천 전철역 부근으로 자리를 옮겼다.

아버지가 천만 원을 보태준 덕이다.

힘든 날들이 기다리고 있는 줄도 모르고 흥분과 기대에 잔뜩 부풀어 있었다. 마치 마법의 상자가 열릴 것 같은 기분으로 말이다.

하지만 내가 노니는 동산과 정원에 들려온 음악은 괴로운 신음 소리였고, 다람쥐는 움직일 수 없는 목각인형이었다. 호수는 내 몸을 빨아들이는 깊은 늪으로 변했으며 온갖 나무들은 가시넝쿨 더미였다. 넘어야 할 산들이 너무나 많다는 것을 10년 세월이 지난 뒤에야 점점 알게 되었다.

아무리 점쟁이라도 알 수 없는 게 인생이다. 열심히 살아갈밖에. 여하튼 새 단장도 하고 새 기분을 느끼며 하루하루를 살게 되었다.


내림을 받으려면 삼산을 돌아야 한다. 이는 내림받는 기자로서 갖춰야 할 덕목으로 지켜지고 있다. 삼산이란 세 곳의 산을 말하며 그곳에 들어가서 기도를 올리는 것을 일컫는다.

자기가 태어나거나 본관에 있는 산이 첫째고, 외가의 본산과 처가나 시가의 본산을 둘째 셋째로 돌면서 기도를 올려야 한다.

지금은 각 도의 명산을 차례로 다니면서 기도하는 방식을 택하고 있다. 우리나라 해동 대한민국의 산지 조종을 백두산으로 정하고, 동방으로 수명장수 점지한다는 금강산, 도덕군자를 점지한다는 태백산이 있다.

서방으로는 효녀충신을 점지하는 구월산과 열부열녀를 점지한다는 지리산이 있는데, 중앙으로는 현재 평안도 땅의 산신을 봉청奉請(여러 신들을 도량에 청하는 의식)하지 않는다. 중앙의 산신은 국가정사를 주관하시는데, 한 나라에 두 곳의 산신이 국가 정사를 주관할 수 없는 이유이리라. 그래서 중앙으로는 경기도 양주 땅에 국가정사를 주관하시는 삼각산을 찾게 된다.

문제는 계룡산이다. 나를 포함한 대개의 기자들은 계룡산을

중앙으로 정하여 봉청하지만, 기자들 나름대로의 느낌과 주관에
의하여 서방산으로 받드는 경우도 있다.

팔도명산 산신경을 한번 읊어보겠다.

---

팔도명산 축원문

우주홍황이 생긴 후에 천지홍황이 생겼어라 일월영신이 침수열장을 벌
여놓고 사해용왕이 거래를 하니 천지에 수지사해가 생겼으니 산지조종
은 곤륜산이요 수지조종은 황하수라~
곤륜산의 일지맥과 황하수의 명기가 태왕하여 동방으로 내려와서 백
두산이나 생겼으니 수부사해가 배합되어 우리나라 팔도강산 산지조종
이 되었어라~

금일 공사 신축생으로 건명기자 ○씨가중 대주가모를 대신하여 아는
것을 아뢰올 때 옛 시절로 돌아가니 단군님 시절에는 딘군님이 천년이
요 기자시절에는 기자님이 천년 동안 태평성대 주관하사 우리나라 해
동국이 분명터라~

마한 진한 변한 삼한 시절에 기자는 없다더라~
일천 년의 신라국은 사직이 남아 있고 고구려와 백제 땅엔 서광만 남

아 있네~

대동강수 건너편에 모란봉이 높이 솟아 대동강수가 배합하여 송악 땅
으로 흘러들어 왕건 태조 탄생하여 개경으로 도읍할 때~

묘청이는 난을 일어 평양이나 국내성에 천지도읍 정하자고 이구동성하
였지만~

이 태조는 한양천도 천지도읍을 만드실 때 삼각산은 주산이요 인왕산
이 주봉 되고 동남산은 안산 되고 왕십리는 청룡이 되고 만리재는 백
호 되어 한강수가 배합이라 우리나라 팔도강산 천지도읍이 생겼어라~

좋을시고 좋을시고 팔도강산 좋을시고 나랏님은 주관하고 만조백관
뒤로 서서 천지공사 살피실 때~

흘러흘러 오늘날에 당도하여 해동은 대한민국 되어놓고 팔도강산 나눠
보니 어느 산맥 줄을 잡고 어느 물맥 줄을 잡고 만백성을 살피시나~


산왕대신 산왕대신 명산경으로 연송을 하오니 명산경 일편을 받으신
연후에 이 도당으로 나오시어 감응감동 하옵시고 금일공사 살피소사~

산지조종은 곤륜산이요 수지조종은 황하수라 곤륜산의 명기가 태왕
하여 일지맥이 남방으로 흘러들어 노나라로 나려가서 이구산이 생겼으
니 천하대성현의 공자님이 나가시어 삼강오륜을 마련한다~

일지맥은 서방으로 나려와서 서천서역국 달마성의 천축산에 아미타불
부처님이 탄생하여 팔만대장경을 마련하니 구제중생을 하게 한다~

일지맥은 압록강을 건너들어 함경도라 호령 땅에 백두산이 생겼으니
우리나라 팔도강산 죽산죽령 마련하여 산지조종이 되었구나~


천하명산은 산왕대신 팔도명산은 산왕대신 각위기자 각위신도 본주본
산의 산왕대신 어느 누가 흥산길산을 구별하며 어느 누가 흥산길산을

말하리까 저기 오신 ○씨가중의 저 신명님 저기 오신 저 조상님 산맥
잡고 물맥 잡고 하강강림 하실 적에 명패성패 잡아들고 이 도당으로 나
계시어 저 자손을 살피소서~
각위기자 각위신도 천지신명 분명터라 천지신명 분명커든 기도발원을
하여보자. 기도발원을 하실 적에 인생일사 길흉화복 산신님의 주장이
고, 인간일사 생사장은 용신님의 주장이고, 자손성패 잘되기는 칠성님
이 제일이네~

백두산천 나린 줄기 동방으로 흘러내려 강원도라 고성 땅에 금강산령
산왕대신 해금강이 배합하여 장생불사 양망을 마련한다~
금강산령 나린 줄기 남방으로 흘러들어 경상도라 순흥 땅에 태백산령
산왕대신 낙동강이 배합하여 도덕군자 나계신다~
태백산의 일지맥이 서방으로 내려와서 전라도라 남원 땅에 지리산령
산왕대신 섬진강이 배합되어 열부열녀가 나계신다~
백두산천 일지맥이 서방으로 나린 줄기 황해도라 효도 땅에 구월산령
산왕대신 효도강이 배합하여 효녀충신 점지한다~
백두산령 일지맥이 중앙으로 내려와서 평안도를 거쳐 내려 경기도라
양주땅에 삼각산령 산왕대신 한강수가 배합되어 국가정사 마련한다~
삼각산령 나린 줄기 남방으로 흘러들어 차령산맥 넘어서니 충청도라
계룡 땅에 계룡산령 산왕대신 백마강이 배합되어 도인명사 나계신다~

팔도명산 이외에 당으로는 대관령과 인왕산의 국사당, 동해의

홍련암, 남해의 보리암, 서해의 간월암 등이 기자들이 많이 찾는 도당이다. 대구 팔공산은 항시 인산인해를 이룬다.

그러나 흔히 말하는 기도가 잘 통하는 장소는 기자 자신이 정하는 경우가 많다. 태백산 천제단이나 문수봉이 기도터로서 누구에게나 최고라고 말할 수는 없는 것처럼.

나라의 신명과 자신의 조상 신명이 강림하기에 좋은 곳은 자신이 정해야 하는 것이다. 자신의 신령님에게 대화를 청하여 인도를 받는 것이 금상첨화일 것은 두말할 필요가 없고.

오대산은 사계절 모두 내게는 신神이 난 곳이다.

비로봉을 바라보며 눈인사 올리고, 적멸보궁에 몸 인사 올리고, 중대에 내려와서 산신전에 지극한 마음으로 배拜를 한다.

주차장 근처에서 산채비빔밥 점심을 먹고, 6번 국도를 따라 진고개를 넘어서 홍련암에 도착하면 짧은 해가 지기 시작한다.

임신 8개월쯤 되는 배(이놈의 살은 무당에게는 안 어울리는데 빠질 기미가 없다)를 가지고 108배를 올리는 시간은 남들보다 많이 걸린다.

태백산 황지에 도착하면 밤늦은 저녁을 먹을 수 있다. 태백산의 천제단에 겨울에 가본 기자들은 여러 가지 공감하는 부분이 많을 것이다.

물론 내가 시베리아 수용소나 에스키모인 들의 거주지를 가보지 못해서 잘은 모르지만, 천제단의 추위도 만만치 않은, 국내에서는 가장 바람이 세고 추운 곳이다. 신령님을 뵌다는 기대의 마음이 없지 않고서는 견디기 힘든 태백산의 겨울이다. 후루꾸 무당인 나는 신이 강림해서가 아니라 그냥 가만 있어도 덜덜 떨리더라는.

하지만 그곳의 다른 기자님들은 나와 다르더라. 콧물과 눈물이 고드름이 되어 얼굴에 붙어 있어도 손을 모으고 있었다.

"난 언제나 저런 간절한 마음이 나올까…."

어디서 소리가 들리는 것 같았다.

"넌, 틀렸다 이놈아…."


문수봉에 들러 바람 한번 더 맞아보고 궁뎅이 썰매를 이용해서 태백산을 내려온다.

구불구불 영월 가는 길로 접어들면 아름다운 경치가 좋다.

이곳은 그래도 가을 코스모스가 제일이다.

겨울 길은 창밖을 볼 수가 없다. 한번 눈 돌리면 그만한 대가를 치러야 할 만큼 미끄러운 길이다.

날씨만 안 추우면 어리신 임금님(단종)도 뵈련만….

이런 날씨는 고속도로 운행이 최상책이다. 원주를 거쳐 영동고속도로로 진입했다. 다시 경부로 갈아타고 내려가다가 적당한 장소를 잡아서 잠을 청한다. 차 속에서의 잠은 오랫동안 숙달된 것이다.


지리산은 강원도나 경상도 지방의 산들과는 달리 제설작업을 하지 않는다. 그래서 지리산 겨울 산행은 차량으로 이동하기는 힘든 일이다. 지리산은 눈이 많이 오면 입산 통제를 하는 듯하다. 그래서 여름기도보다 겨울기도의 산행 거리가 배로 늘어나게 된다.

암자 상무주上無住와의 인연은 어릴 적부터다.

지금도 일정한 시간이 지나면 한번은 가야 마음이 편해진다.

천왕 할머니께도 꼭 들려야 하는 코스다.


이렇게 전국을 돌면서 내림 준비를 하고, 관악산 자락에서 신을 모시게 되었다. 기쁨이 있다면 아버지의 정식 허락을 받은 것이고, 슬픔이 있다면 내 마음대로 살 수 없다는 것이다.


## 수덕사 부침개


신사년 섣달.

전화벨 소리가 울린다. 그리고 과자봉지 부스럭거리는 소리, 뚜뚜뚜 모스 부호 같은 소리가 들린다. 챙챙챙, 탬버린 소리도 들린다. 트라이앵글 소리 같기도 하다. 그리고 낡은 형광등 떠는 소리… 오랜 세월 동안 나를 괴롭혀온 소리들이다.

적막함 속에서 그런 소리에 시달리고 있는데, 전화벨 소리가 들려왔다. 현실에서 들려오는 진짜 전화 소리이다.

전화를 받자 애 엄마의 목소리가 들려온다.

"동현 아빠, 아버지 입원하신대…"

"왜?"

"췌장이 나쁘시대…"

"……"

수화기를 내려놓고 병원으로 갔다.

많은 사람들이 모여 있다. 엄마, 아들 셋, 무당 아버지 제자들 몇과 신도들이 함께였다. 각기 한마디씩 하는데, 아버지는 금방 돌아가실 것 같다. 췌관의 종양 때문에 빨리 수술을 해야 한단다. 곁에 계신 어머니는 따라 죽을 태세다.

알려진 바에 의하면 췌장은 수술을 해도 소용이 없다. 사람들이 돌려 말해서 그렇지, 우리나라 의술로는 3개월밖에 못 살기에 아버지는 죽은 목숨이란다. 수년간 들었던 바람소리 새소리 모두 죽은 목숨이란 말로 들렸다.


무당 제자들이 모였다.

일명 태평성대 무당파들이다. 빌어먹을, 어떤 정권도 태평성대를 누린 적을 못 봤다. 하지만 울 아버지인 김 법사는 40년 동안

　　　　　　　　一장·가림들

이나 태평성대 무당파를 이끄셨다.

"승태야! (나의 진짜 이름인데, 이장이 출생신고 하러 가다 성태로 바뀌어서 난 지금 성태가 되어 이 모양 이 꼴이다) 정월달 일은 네가 해야겠다."

무당파들은 아무 말이 없다. 그리고 달력을 하나 넘긴다. 그곳엔 아버지가 해야 할 정월달 한 달 일정이 채워져 있다. 하필, 하이텔 역학 동호회 연수회 기간 중에 첫 굿판의 시작이다.


며칠간 아버지는 병원에서 이 검사 저 검사를 받으셨다.

수술 날짜가 나왔다. 수술 3일 전 병원 입구에 들어서는데 어머니가 달려왔다.

"얘야, 승태야. 너한테 유언했다. 어떡하면 좋으냐…"

어머니는 금방 따라 죽을 태세에 더해 그 자리에 앉아 죽을 자세다. 평생 울 아버지 딸랑이여서 따라 죽는 건 명백한 사실이다.

동네에 소문나겠지. 무당 세계에도 금방 소문나겠지.

김 법사네 줄초상…. 끔찍한 일이다.

김 법사가 죽을죄를 졌나부다. 남의 조상 감 나와라 대추 나와라 하더니 지 병난 것은 몰랐나… 씨부렁 씨부렁….

어머니가 책을 내민다. 책 뒷장에 유언이라 써 있다. 빌어먹을, 국민학교도 안 나온 양반이 한자만 죽어라 써놨다. 나 어릴 적부터 밤새 한자만 쓰더니 유언장도 한자로 써놨다.

텔레비전 보면 유언도 말로 하던데, 평소 자식들한테 말 한마디를 안 하고 사시더니 결국 유언도 말로 안 하고 한자로 하신 거다.

"유언 수덕사 명부전遺言 修德寺 冥府殿 부침"

빌어먹을. 후라이팬에 부침개를 부치나 웬 부침이야. 수덕사에서 누가 받아주기나 한다나….

나는 이제 눈물 참는 데는 도사다. 하지만 저절로 흐른다.

평소에 왕건을 좋아하셔서 왕건 책을 사다드렸더니 뒷장에 부침개를 부치셨다.

그것도 수덕사 부침개를. 눈물은 눈에서만 나오는 것이 아니다. 오히려 눈은 물을 떨구어낼 뿐이고, 진짜 눈물은 미움에서도 나오고 사랑에서도 나오는 것이다.

밉고 또 밉던 울 아버지 김 법사가 하루아침에 달라지는 모습이 보인다.

"아버지, 수술하지 말까요?"

말씀이 없다.


수술 이틀 전, 아침 일찍 병원에 갔다.

"아버지, 수술하지 말까요?"

여전히 아무 말씀이 없으시다.

"아버지, 평상시 말씀처럼 수술은 의사가 하는 것이 아니라 신명이 하는 거라고 하신 말씀 기억하시죠?"

수술 하루 전, 병원 문 밖에 엄마가 서 있다.

엄마는 요즘 맨날 죽을 자세다. 나를 보더니 뛰어오신다.

"니 아부지 수술 안 하신단다. 니가 말 좀 해봐라…."

병실에 들어갔다.

아버지는 집에 가자고 하신다.

벌써 옷을 갈아입으셨다.

나도 은근히 바라던 터이다.

수납계로 내려갔더니 담당 의사의 퇴원 허락을 받아오란다.

담당 의사는 결코 친절하지 않았다.

어디 시골에서 암 것도 모르는 촌놈들이 올라와서 되도 않는 소리를 하는 것처럼 말한다. 사실 우리가 무식하긴 하다. 뭐 아는 것이 있어야지… 무식한 것들로 취급 받을 땐 더 무식하게 나가는 것이 상책이다.

"집에 가서 돌아가신대여, 선생님."

"아 이 사람들아, 수술하면 살 수도 있는데…."

"우리 시골에선 집 나가 죽는 거 안 좋아해요."

또 한번 '무식한 놈' 하는 듯이 흘겨보고는 고개를 돌리고 사인을 해준다.

# 장군 법사 김종순

우리 아버지는 굿판의 법사法師다. 시골말로 '경쟁이'라 한다. 그러니까 경문을 하는 무당이란 뜻이다. 올해가 칠순이시니 꼬박 사십 년을 하신 거다. 이제는 내가 아버지 대신 대리 법사로 굿판을 떠돌게 될 것이다.

참 재미도 있고 기대도 된다.

김 법사!

그러니까 우리 아부지 김 법사를 소개한다.


이름은 김종순이다. 그의 나이 17세 때, 바보처럼 미워하던 아버지가 돌아가셨다. 40이 채 안 된 엄마와 5살 많은 누나, 남동생 둘에 여동생 하나를 남겨두고 가셨다.

그는 눈물을 흘리지 않고 허공만 바라보았다.

곱게 꼰 새끼줄로 허리와 이마를 두른 누런 삼베 상복은 엄숙해 보이기보다는 초라해 보였다. 막내둥이 남동생은 젖도 안 떨어져서 울어댔지만, 엄마는 넋을 놓고 있었다. 상제의 대나무 지팡이는 그의 손에서 부들부들 떨고 있었다.

참았던 눈물이 폭발할 듯, 그는 계속 멍하다.

그의 아버지는 첩의 집에서 죽었다.

해방은 아버지에게 실망만을 남겨주었고, 맷돌처럼 단단하던 그는 허무함으로 술과 여자에 의지했다. 타협할 줄 모르는 성격이라 고집부리다가 화병으로 죽었다고 이구동성이었다. 지금은 남의 땅이 되어버린 예산 뜰을 바라보며, 아들의 원망 속에 땅속 깊이 매장되었다.

종순이 아버지는 돌아가시기 전에 당숙에게 양자로 택해졌다. 종순이 가족은 양할아버지 집에서 살기로 했다.

그가 공주로 이사를 온 것이 18살 겨울이다. 그 시절 모두가 그랬듯이 어느 집을 막론하고 먹을 것조차 부족했던 것이 사실이다. 종순이 가족의 고생은 어느 집안이나 다 겪는 일이었을 것이다. 하지만 양할아버지는 자신의 양아들은 죽어 없어지고, 아이들하고 과부 며느리만 들어온 것이 심히 못마땅하였다. 그 구박은 참기 힘들 정도로, 특히 먹는 것에 대한 타박은 정도를 지나쳐서 거지 취급을 하였다.

세월은 어김없이 흘러, 종순이는 결혼을 하였고 아이도 낳았다. 하지만 살림은 여전히 힘들었다. 그의 양할아버지는 증손자를 본 후론 구박이 없어졌다. 오직 증손자만 끼고 지내셨다. 자식 없이 지낸 세월을 생각하면 당연하리라.

26살이 되던 해 종순이는 앞산에서 땔나무를 하다가 처음으로 눈물을 흘려보았다. 무정한 세월은 한 방울의 눈물도 흘리지 못하도록 각박했다. 이렇게 살 필요가 있는가를 생각해보았다.

꿩을 잡기 위한 극약인 '싸이나'를 두 알 먹어버렸다. 그리고 희미한 정신 속에서 어머니를 보기 위해 집에 도착해서 쓰러지고 말았다. 그의 어머니는 뚜렷한 방법을 취하지 못하고, 연신 사탕만을 입에다 밀어넣었다. 단것을 먹으면 괜찮아질까 해서였다.

종순이는 실신한 상태에서 연신 피를 토하고 있었다. 누워 있는 종순이의 입에서 흘러나온 피는 베개와 이불을 적셨다. 그의 눈에서 흐른 눈물이 피와 섞여 범벅이 되었다.

어머니는 벽을 치며 통곡했다. 옆 동네 의상(예전의 시골마다 있던 약장사)이 도착했다. 의상은 별짓을 다해보지만, 종순이는 깨어나지 않았다. 그의 아내와 어린 동생들, 자식들이 지켜보고 있었다.


종순이는 실신한 후에 잠에 빠져들었다.

그리고 꿈속에서 아버지를 만났다.

죽도록 미운 아버지를 만났다.

한참을 울었다.

아버지는 등을 두드리며 위로했다.

종순이는 원망했다.

"아버지, 왜 일찍 돌아가셨어요?"

"미안하다, 종순아."

"전 어떡해요, 아버지…?"

"종순아! 내가 이제 너희들을 살려주마. 내가 먹여주고 입혀줄 거야."

그래도 종순이는 아버지가 미웠다.

"그럼 누나 데려와요."

종순이는 자식 못 낳는 집에 후처로 시집간 누나가 가슴에 사무쳐 있었다.

"걱정 마라 종순아, 누나는 잘살 거야."

종순이는 그래도 심술을 부렸다. 마치 어린아이처럼 고함을 질렀다.

"누나 데려와요!"

이쁜 누나를 아버지가 없다는 핑계로, 돈이 없다는 핑계로 후처로 시집보낸 것에 대한 원망으로 고함을 질렀다. 아버지는 종순이 손을 붙잡고 잘못을 빌었다.

그리고 "이제는 내가 살려주마"란 말을 되풀이했다.


종순이가 눈을 떴다.

꿈속에서 아버지를 만나고 눈을 뜨게 된 것이다. 눈물과 핏물로 적신 이불 위에 누운 채였다. 그를 지켜보던 식구들과 의상은 안도의 숨을 내쉬었다.

싸리문 밖에서 통곡하며 달려오는 소리가 종순이 귀에 들렸다. 누나가 오고 있었다. 얼마나 보고 싶었던 누나인가. 종순이는 움직여보려 했지만, 몸이 움직이지 않았다.

"엄니! 종순이는 어때요?"

누나가 황급히 들어오며 물었다.

"저놈이 눈은 떴는디… 말을 못한다."

"종순아, 왜 그랬어. 왜!"

누나가 주저앉아 종순을 흔들었다.


종순이네 집에서 굿판이 벌어졌다.

한 달이 넘도록 일어나지 못하는 자식을 위해서 천지 신명에게 기도라도 올리자는 심사로 어미가 마련한 굿판이었다. 봉화산 무당은 신이 와서 그런다고, 잘못하면 무당이 될 수도 있다고 했다.

어미는 무당 말을 믿지 않았다. 무당에게 "자식놈만 살려달라"고 애원했다. 마당에는 터줏상이 차려지고, 부엌에는 조왕상이, 장독대에는 당산상이, 안방에는 성주상이 차려졌다.

법사는 엄숙히 경을 시작했다.

밤이 깊어서야 신장대를 잡았다.

대잡이는 신장대를 잡고 있고, 법사의 구성진 목소리가 울려퍼졌다.

"천지조화는 천존대왕 옥황상제는 복명사자 태사마마 소거백마 상장군은 가솔신장 거나리고 이 도당으로 강림하사, 오늘 공사 밝히소사~."

"금일공사 밝히실 때, 김해김씨 대한가중에 계유생의 김씨 자손 흐린 정신 젖혀주고 맑은 정신 내리시어 오장육부 사대삭신 육천 마디 십이경맥을 돌리소서~."

"육정육갑 풀어내어 하실 말씀 있거들랑 신장대로 강림하사, 모르는 것은 가르치고 아는 것도 깨우쳐서 저 자손을 살피소서~."

어쩌고 저쩌고…

강림 축문이 끝나고, 질의 문답이다.

"오늘 공사 밝히자고 이 도당으로 강림하신 천지신명 일월성신 신명신도 선생님은 추호도 허점 없이 병자의 내역 밝히셔서, 소원 성취 이루어주소사~."

"아~하, 그러하믄 본 법사, 신장님의 원력으로 가림 판단 하나이다. 계유생의 김 씨 자손 오늘날로 이 지경이 병 탓만은 아닌 것인즉, 오다가다 들린 조상, 조상 탓이 분명한가~?"

신장대는 꿈쩍도 안 한다. 신장대가 움직이지 않으면 아니라는 뜻이다.

"그렇다면은, 이 도당에 부정이 들어 동토살이 생겼는가~?"

신장대는 또 꿈쩍도 안 한다. 동토살도 아닌 것이다.

법사는 계속한다.

"이도저도 아니라면, 저기 오신 저 조상님 원이 많아 오셨는가 한이 많아 오셨는가 몰라라 말으시고 어여삐 여기셔서 신장대로 강림하소."

신장대가 바람에 나부끼는 대나무 잎처럼 바르르 떨더니 금세 멈춰버린다.

원도 있고 한도 있긴 한디, 그것이 전부는 아닌가보다.

법사는 한층 구성지고 슬픈 곡조를 타고 있다.

"저기 오신 저 조상님 자손 찾아오신 신명, 오늘 공사 받아들고 원도 풀고 한도 풀어 심중소원 풀으시고 보기 좋고 살기 좋은 명산대천에 가시든지, 서방정토 극락세계 왕생극락 가시자고 오셨는지~?"

신장대는 부르르 떨기만 한다.

대잡이의 이마에는 땀이 흘러내린다.

"에~헤~. 그것도 아니라면 자손성패 밝히시고, 먹을 전도 벌어주고, 입을 전도 벌어주어 재수소원 이루어주고, 대감으로 좌정하자 이 도당에 오셨는지~?"


법사는 목청껏 경문을 하지만, 신장대는 떨기만 한다.

구경꾼과 가족들은 신장대가 움직이지 않고 시간만 자꾸 흐르니 걱정을 하느라고 웅성거리기 시작한다.

"좌우보처 신장님이 강림하고 이 터 명당 산신님이 굽어보실 적에, 이 도당에 강림하신 저기 오신 저 조상님 자손 찾아오실 적에 제자 삼자 오셨는지~?"

법사는 "제자를 삼자 오셨는지?" 하고 물었다.

一장·가림들

신장대가 움직이기 시작했다.

"에~헤~, 본 법사 다시 한 번 묻노니, 제자 삼자고 왔단 이 말씀이더라~?"

신장대는 힘차게 움직이기 시작했고, 대잡이 만신은 몸을 부르르 떤다.

신장대는 누워 있는 종순이 머리에서 발끝까지를 돌았다.

그리고 가족들과 상봉을 하고, 제자리에 앉는다.

"저기 오신 저 조상님, 김 씨 가중에 신명신도 선생님네, 어떤 신명 강림하나, 부친 불이 틀림없나~?"

법사가 아버지 신명이냐고 묻자 신장대는 다시 움직이고, 대잡이는 말문을 열었다.

만신의 입에서는 어떤 신명이 강림했나를 알려주었다.

그리고 신장대는 종순이 손에 쥐여졌다.

종순이는 무당이 되었다.

그의 아버지가 오신 것이다.


종순이 어머니는 91회 생신을 며칠 앞두고 돌아가셨다.

종순이 누나는 아들 넷을 두고, 모두 살림을 내서 편안하다.

종순이는 70이 어느새 넘었지만 여전히 무업을 계속하고 있다.

아들 네 명은 장성하였고, 손자손녀를 원 만큼 두었다.

모두가 종순이를 김 법사(장군 법사)라고 불렀다.

가정을 지키고 모친이 건강히 오래 살고 자식이 다 컸다 하며 그는 행복한 웃음을 지었다.

丙 庚 庚 癸
戌 申 申 酉

위 사주는 경금庚金 일간이 신월申月에 낳으니 건록격建祿格이다. 건록격은 정관正官을 상신相神하여야 등과하며 정인正印으로 구신求神을 삼아야 문장가가 된다. 하지만 성격成格기준에 맞지 않으므로 파격破格이 되었다. 그러므로 성품은 공직자와 같으면서 서책을 좋아하는 인물일 뿐이다.

# 개구리 발자국

## 모두가 잠든 새벽

임오년 여름.

하루 동안의 굿판을 끝내고 고단한 몸을 뉘었다. 깨어보니 커다란 굿당 구석이었다.

요란한 장구 소리, 징 소리, 북 소리, 서글픈 신들의 울음소리, 구성진 무당의 노랫소리들… 모두가 잠들어 있는 새벽이다.

열려진 창문 사이로 여름 산바람이 차갑게 느껴진다.

기대했던 굿판의 경쟁이가 그렇게 즐겁고 보람되지만은 않다는 서글픔이 밀려온다.

창문을 열어보았더니 밤새 비가 내렸나보다.

청개구리 한 마리가 창문에 붙어 엉금엉금 기어다니고 있었다.

먼지 낀 창에 청개구리 발자국이 뚜렷하다. 무정한 빗방울은 청개구리 발자국을 매정하게 허물어버린다.

"에이 씨발 좆 나게 허무하네!"

난 싫은 것이 있다. 내 설움이 싫고 내 외로움이 싫고 내 고민이 싫고 내 우울함이 싫다.

이런 때는 빨리 벗어나려고 애쓴다. 이런 때는 욕이 최고다.

"에이 씨발 좆 나게 우울하네!"

"시나 한 수 짓자!"


개구리 발자국


열려진 창문에 맑은 햇살 비추더니
문틈의 바람은 살갗에 파고든다
작아진 마음에 채찍질하는구나


밤새 내린 비에 씻겨내린 먼지
개구리 발자국에 흠집을 만들고
멍한 내 눈길은 초점을 잃어간다.

# 박가 할머니

## 저 건너 산에 새집 짓고

가자가자 어서 가자 북망산천 어서 가자~

　　어~허이~ 어~허이~ 너구리~ 영차 어~허이~

이제 가면 언제 오나 기약 없는 길을 가네~

　　어~허이~ 어~허이~ 너구리~ 영차 어~허이~

내 자손아 내 아들아 저 건너 산 내 집 짓고 내가 간다 내가 간다~

　　어~허이~ 어~허이~ 너구리~ 영차 어~허이~

엄마 엄마 우리 엄마 저 건너 산 새집 짓고 물 건너서 가신다네~

　　어~허이~ 어~허이~ 너구리~ 영차 어~허이~

효자 없다 효자 없어 효자 없어 못 가겠네~

　　어~허이~ 어~허이~ 너구리~ 영차 어~허이~

틀렸구나 틀렸구나 내 아들이 효자더라~

어~허이~ 어~허이~ 너구리~ 영차 어~허이~


꽃상여에 누워 저 너머 산 할아버지 집으로 우리 할머니가 가시는 날이다. 늙은 상제가 뒤를 따르며 "아이고 아이고…" 곡을 하고, 철모르는 증손자들이 상엿소리를 따라 부르며 줄을 서서 연꼬리 흔들리듯 우리 할머니 저 건서 산에 새집 짓고 가신다기에 배웅하러 따라간다.

다리를 건널 때는 효자 없다고 상여꾼들 상여를 내려놓고, 손자들은 아뿔싸 우리 할머니 잘 모셔달라고 주머니를 털어내며 이사 가시는 날이다.

언덕길은 "영차~ 영차~", 평지 길은 "너구리~ 영차~" 늙은 몸이 힘들다고 쉬어가며 밀어가며 노래를 불러가며 저 건너 산 새집으로 이사를 가신다. 오십 평생 과부더니 이제야 할아버지 만나 행복하게 사시자고 저 건너 산에 새집으로 이사를 가신다.

자신이 살아온 운명의 길에서 너무 오랜 세월 동안 혼자서 싸우셨다. 이제는 우리 할머니에게 행복 가득한 집이 기다린다. 혼자가 아닌 할아버지와 함께 말이다.

자신이 선택한 운명은 아니지만 거부하지 않고 한시도 헛되게 보내지 않으신 분이다. 항시 책(동화책)을 좋아하셨으나 주머니 달린 옷을 벗지 못하여 생존과의 싸움이 치열한 시대를 살아오셨다.

내 꿈이 깨질까 두려워 초라한 삶을 유지하는 나 자신을 부끄

一장·가림들

럽게 만드신 할머니다. 가진 것은 없어도 소외되지 않으셨으니 흔들리는 큰 대나무에 매달려 나 자신을 동정하는 모습을 부끄럽게 만드신 분이다.

봄에 심고 가을에 거두셨으니 주머니가 빈 것을 탓하지 않으셨다. 남은 것은 머리 빗던 참빗과 염색약 한 통이 전부거늘 난 무엇을 남기려고 에누리 없이 굴러먹는가.

참된 유산은 받는 것이 아니라 내 스스로 찾는 것이라 새겨야 하겠다. 헐렁해야 바람이 통하듯 헐렁해야 마음도 편해지는 법이다. 보리쌀도 소쿠리에 널어야지 바가지에 널면 썩는다. 이 말 저 말이 생각난다. 쇠스랑은 걸어 놔라, 뉘어 놓으면 녹슨다. 지게에 못 박지 마라, 삐걱거려야지 빡빡하면 울퉁불퉁한 길에 서지 못하고 넘어진다. 짐은 왜 보냐, 지들 편해지려고 억지 부리는 것이지.


가자가자 어서 가자 세상만사 다 버리고 다리 건너가자꾸나~

어~허이~ 어~허이~ 너구리~ 영차 어~허이~


계미년 을묘월 정미일 정미시.

큰형수의 연락을 받았다.

"할머니가 갑자기 누우셨어요…"

"돌아가실 것 같아요?"

"아버지가 그러시는데 때가 된 것 같대요."

대충 챙겨 입고 집으로 갔다.

흔히 말하는 잠풍(식음을 못하고 잠자는 상태)이 먼저 오신 듯하다.

늙은 딸은 자기 엄마 손을 잡고 있고 초라한 행색의 아들은 다리에 얼굴을 묻고 있다. 친자 친손들이 전부 모여 있다.

할머니는 반듯이 누우신 모습이 돌아가신 모양과 같다. 이미 핏기는 사라졌고 윗니가 피부 위로 드러나 보이고 눈 밑은 뼈가 보인다. 때가 된 것을 알아차릴 정도로 작아지셨다. 손을 만져보니 색은 변하지 않으셨다. 왼쪽 발은 이미 변색이 시작되신 듯하다.


한때 우리 집은 할머니가 두 분이었다.

증조할머니와 지금 할머니. 동네 사람들은 우리 집 할머니를 부를 때 증조할머니는 할머니라고 부르고, 할머니는 성을 붙여 박가 할머니라 부르곤 했다. 지금 누워 계신 분이 박 가 할머니다.

증조할머니도 90을 사시다 쓰러지셨는데, 누우신 지 3일 만에 운명하셨다. 그때도 손가락이 파랗게 변하면서 숨을 거두시는 모습을 지켜보았다. 아마 박 가 할머니도 며칠 있다 돌아가실 것 같다. 아직 손은 변색되지 않았지만 발은 까맣게 변하고 있었다.

아버지가 말씀하셨다.

"갈 사람은 가고, 준비할 사람은 준비허자."

"멀 준비해요… 아부지…?"

"이 조그만 집에서 초상을 치를래?"

그렇다. 우리 집은 60년 동안 그대로다. 스물두 채가 있는 우리 동네에서 가장 초라하다. 모두가 새집을 올릴 때 우리는 그대로 살았다. 두 평짜리 안방과 두 평짜리 윗방, 그리고 한 평짜리 사랑방이 전부다.

큰형은 부고장을 찍으러 나가고, 작은형은 장례용품을 맞추러 나갔다. 아버지와 나는 창고를 비워 주방을 만들기 시작하고, 동네 사람들은 문상인들 접대용 비닐하우스를 지었다.

누군가 "아직 초상도 안 났는디 웬 소란인가 들…" 이라고 했다. 생각해보니 초상나라고, 돌아가시라고 재촉하는 것 같기도 하다.

또 누군가는 "박 가 할머니가 준비하라고 누워 계시는구먼…" 이라고도 했다.

누가 무슨 소릴 하든, 우리 아버지는 묵묵히 자기 엄마 가실 때 되었다고 집 안을 장례식장으로 만드셨다.

할머니 누운 지 3일째가 되니 이쪽 창고에는 장례용품이 쌓이고, 저쪽 창고에는 농협 트럭이 먹고 마실 것을 잔뜩 부려놓고 갔다. 마당 창고는 주방으로 변하더니 어디서 구했는지 대형 냉장고가 들어오고, 돼지 한 마리가 쟁여지고, 국거리 동태가 산처럼 쌓였다.

접대용 비닐하우스에는 밑에 비닐을 깔고 그 위에 보온용 담요를 깔아놓았다. 대문 밖에는 모닥불을 지필 참나무 장작이 가지런이 정리되었다.

딸과 아들 손자 며느리들은 자기들이 잘못 모셔 어른이 돌아가시게 생겼으니 어떻게 하늘을 볼 수 있느냐며 밖에 나오질 못하고 할머니를 지키고 있다. 까맣게 변해가는 발을 주무르면서. 여자는 살아생전 자식을 위해서 몸을 바치느라 피를 많이 흘렸기 때문에 죽어지면 뼈가 까맣게 된다고 부처님이 말씀하셨다던가.


# 옷 한 벌 꺼내 입고


할머니 누우신 지 7일째인 계축일 계해시 할머니가 눈을 뜨셨다.

고개를 돌려 주위를 살피시더니 딸을 보고 "얘야, 내 생전에 마지막인 것 같어" 하신다. 임종을 보기 위해 모인 자식들은 직전임을 알아차린다.

"방이 너무 덥다. 몸을 선선허게 해야 건강한 법이여."

할머니 따뜻하라고 보일러를 높였더니 더우신가보다. 아니, 할머니는 전에도 그런 말씀을 자주 하셨다. 몸 밖의 열로 내 몸을 따뜻하게 하려 하지 말고 내 몸으로 내 몸을 따뜻하게 하라고. 두툼한 옷으로 몸을 감싼다고 추위가 달아나는 것이 아니라고 하셨다.

"옷 빨아서 널어놓았냐? 안개가 낀 것 같은디 널지 말고 농 속에서 옷 한 벌 꺼내주거라. 입고 가야 헌다…."

몸속으로 전달되지 않는 목구멍의 가쁜 숨을 두 번 쉬더니 멈추신다. 딸은 대문 밖으로 뛰어나가 자기 엄마 옷을 흔들면서 "엄마 엄마, 이 옷 입고 가요" 통곡을 한다.

며느리는 밥 세 공기와 된장 세 접시를 바쳐놓고, 둘째 아들은 저승사자에게 3일 말미를 청하며 사자 밥을 앞에 두고 통곡한다.

큰아들은 고인의 옷을 찾아 갈아입힌다.

곡소리가 요란하니 동네 사람들이 모이고, 대문 밖 공터에 모닥불이 피워진다. 작은형이 스위치를 올리니 장례식장이 대낮처럼 밝아진다. 큰형은 전화통을 붙잡고 이곳저곳 알린다. 아마도 셋째 삼촌이 올 것이고, 임종 못 본 내 동생도 올 것이고, 당숙들이 달려올 것이다.

제일 먼저 농협 트럭이 도착한다. 온갖 채소를 내려놓으니 동네 아줌마가 받아 든다. 고인 앞에 병풍이 세워지고, 한쪽 팔 빼서 입은 두루마기 차림에 대 막대기에 의지하신 우리 아버지가 상주되어 마루에서 곡을 한다.

"아이고… 아이고… 아이고…."

할머니가 이제 돌아가신 것을 알겠다.

계축년 병진월 갑신일에 출생하시어 계미년 병진월 계축일 계해시에 돌아가셨다.

아흔하나 생신을 보름 남겨놓고 좋은 길로 가셨다.

막내 상주가 도착하니 상주 셋이 다 모였다.

새벽녘이 되니 아버지가 힘드신가 보았다.

"아버지, 들어가 주무시쥬. 날 밝으면 문상객이 많이 올 텐디요."

윗방 구석에 아버지가 누우셨다. 눈을 지그시 감지만 잠을 청하기 힘드신가 보았다.

나는 건강하지 못한 우리 아버지가 걱정이고, 아버지는 잘못 모시다 돌아가신 자기 엄마를 생각할 것이다.

"아버지, 우리 집 참 좋은 집이쥬."

대답이 없으시다.

"봐유 아버지. 나이 먹어서 장가 못 간 사람 읎고, 나이 들어서 혼자 된 사람 읎잖여요."

"그렇지…" 하시면서 주먹으로 눈물을 훔치신다.

# 점쟁이

## 점쟁이가 좋아서

"동현이 아빠! 이런 얘기 해도 되나 모르겠다…."

"먼데?"

"동욱이가 지 친구들한테 아빠가 점쟁이라고 하고 다닌대요."

"그런데…?"

"근데 걔 친구들이 선생님한테 점쟁이가 머냐고 물어본다는 거야."

"……."

"근데 선생님이 동욱이를 불러서 머라고 했는 줄 알아?"

"……?"

"동욱아, '점쟁이라고 하는 것이 아니라 역학자라고 하는 거야' 라고 하셨대."

"그 선생님 애쓰는구만."

"당신도 그러니까… 점쟁인 줄은 나도 알고 남들도 아니까 말이리도 역학지리고 헤…."

"……?"

여하튼 하여튼 난 점쟁이가 틀림없다.

열심히 갈고 닦았으니 자랑스런 점쟁이임에 분명하다.

그런데 말이다…. 동욱이 땜시 찜찜하긴 하다….


占쟁이!

점쟁이는 점을 보는 사람을 말한다.

무당은 굿을 하는 사람, 즉 신의 공사(우리는 흔히 굿이나 각종 의식을 공사라 부른다)를 주관하는 사람이다. 무당도 접신을 담당하는 만신이 있고 경문을 담당하는 법사가 있다. 북, 장고, 징, 꽹과리, 피리, 대금 등을 담당하는 사람은 악사라 한다.

물론, 위의 것을 전부 행하는 사람도 적지 않지만 대개가 주업은 구분이 뚜렷하다.

순서는 이렇다.

점쟁이는 점을 쳐서 손님으로부터 굿을 부탁 받는다.

무당은 신의 공사를 시행한다.

법사가 경을 하여 신을 부르고, 만신은 접신을 하여 손님에게 신의 뜻을 전하는 것이다. 그런 중에 악사들은 장단을 맞춘다.

공사가 파할 무렵 법사는 다시 경을 하여 신을 물린다.

이러하니 각자 맡은 임무가 다르다.

나는 이들 중에서 경을 담당하는 법사라고 한다. 그러면 무당 중에서도 법사인 나 자신을 왜 점쟁이라고 하는가. 난 어릴 적부터 점쟁이가 하고 싶었다. 그래서 열심히 공부했다.

남들은 나를 두고 명리학을 하였으니 명리학자, 역학을 하였으니 역학자라 말하지만, 난 이것들을 가지고 점을 보고 있으니 점쟁이라고 하는 것이다.

난, 점쟁이가 좋다. 점쟁이들이 점사를 행하는 점법의 종류 중 나는 명리학을 하는 사람이다.

즉, 사주팔자라고도 하고, 운명학이라고도 하고, 명학이라고도 한다. 우리 집안은 무당신만 접할 수 있지 점 보는 신이 없다는 아버지 말씀을 듣고, 나는 책과 선생님을 모시고 점법을 공부하였던 것이다.


# 점 보는 방법들

점법에는 음양陰陽점, 오행五行점, 신비神秘점, 상相점, 천문天文점, 지리地理점 등, 기타의 점법까지 설명하자면 우리 생활이 전부 점법과 관련되어 있다고 말할 수 있다.

서해안 고속도로상에서 안면도를 가야 하는데 서산으로 빠질까 홍성으로 빠질까를 고민했던 적이 있다. 이는 어느 길이 막히지 않고 갈 수 있느냐를 정하는 점이었다.

나이 어린 옷가게 처녀는 왼손 오른손을 번갈아 손가락을 구부려가면서 "어느 쪽으로 갈까요 짠…" 서산으로 결정한다.

무당들에게 돼지를 대주는 아저씨는 손바닥에 침 뱉는 시늉을 하면서 침이 어디로 튀나 보려고 손바닥을 탁 친다. "홍성이 안 막히겠는데요."

좀 배웠다는 모 도사는 "오늘 일진이 기미己未니까. 서산은 식상食傷이라 힘이 빠질 것 같고, 홍성은 비겁比劫이니까 휴게소에 들러서 돈 좀 쓰면 빠르겠는데요" 한다.

머리를 박박 밀어댄 민대가리 말더듬이 법사는 더듬더듬 한다는 말이 "멀 따져요. 서산에서는 내려가는 길이고, 홍성에서는 올라가는 길이니 서산으로 가야지" 한다.

점 보는 방법도 여러 가지지만 결과도 각기 다르다. 여하튼 이런 것들이 점법이다.


음양점으로는 역점易占 즉, 음양의 이론을 바탕으로 괘를 풀어서 하는 것이 있다. 역이란 글자 자체가 일자와 월자의 합성자로서 일은 양이고 월은 음을 뜻하니 역점은 음양점의 대표라 할 수 있다.

一장·가림들

흔히 주역이라 하는데, 이는 주周나라 때 만든 것이란 뜻이다. 사서오경 중의 하나로 태太에서 음양이 나왔고, 음양에서 사상이, 사상에서 팔괘가, 8괘에서 64괘가, 64괘에서 384효가 탄생하니 이를 설명하는 것이다.

오행점五行占으로는 명리학이 있는데 이는 나의 전공이기도 하다. 연월일시 4기둥과, 한 기둥은 간과 지로 2자씩이니 8자의 명식이 나온다. 흔히 사주팔자라고 부르는 것은 기둥과 글자의 숫자를 말하는 것이다.

그리고 월을 기준으로 운식을 정하니 명식과 운식을 합하여 운명학이라고도 한다. 오행학은 음양과 달리 상생相生과 상극相剋 관계로 치는 점법이다. 점복占卜자들이 가장 많이 사용하는 법이기도 하다.

명리학 이외에 역에서 나온 괘를 이용하여 오행의 상생상극을 접목시킨 육효점도 오행점의 부류에 속한다.

신비神秘점은 접신 된 자들이 하는 점법이다. 신비점의 종류로는 방울을 이용한 탁점鐸占, 동전을 이용하는 철점鐵占, 쌀로 치는 미점米占, 부채로 치는 부채점 등이 있다. 모두가 접신이 된 자만이 할 수 있는 점법 들이다.

상점相占으로는 관상과 수상이 대표적이다. 풍수지리를 보는 것도 이 부류에 속하지만 지리점으로 본다는 의미가 더 큰 것 같다. 기타, 천문의 자미두수 기문둔갑 매화역수 성명학 수리점 등등 부지기수로 많다.

나는 많은 점법 중에서 명리학을 하였고, 개업을 하였으니 점쟁이가 분명한 것이다. 나는 남들이 나를 불러주는 명칭으로 동요하는 인물은 아닌 것 같다. 그저 내가 좋아하는 일을 하고, 무엇이 된 것보다는 어떻게 살 것인가가 중요한 것 같다. 점쟁이가 된 것을 좋아하고 있으니 나의 권리를 찾은 것 같고, 이에 따르는 의무를 다하고 있으니 행복하다.

아무튼 우리 동욱이와 배려심 있는 동욱이 선생님이 참 고맙다. 우리 동욱이가 조금 크면 설명을 잘 해줄 것이다. 아무튼 부끄럽지 않도록 조심조심 의무를 다해야겠다.

# 계룡산 산신기도

## 누구의 덕일까

1984년 4월.

해병대 말년을 보내고 제대를 했다. 기분 좋은 예비역의 출발을 알리듯 부대를 나서는 날 날씨도 좋았다.

"봄꽃은 완연하고, 세상은 나를 반기는구나."

일주일 기한으로 계룡산을 찾기로 하였다. 쌀 한 말을 심청이의 3백 석 공양미라 생각하고 산신기도 올릴 곳을 찾던 중에, 저녁 무렵이 되어서 어느 암자에 기거를 요청하니 선뜻 받아주었다.

"할머니, 이곳에 기도자가 많습니까?"

"암만, 많지."

"저한테 기도법 좀 가르쳐주세요."

"법은 무슨 법이랴. 깨끗하면 되지."

"깨끗하다니요?"

"세수하고, 이빨 닦고, 침 뱉지 말고, 팔짱 끼지 말고, 아문 디 (아무 곳)나 오줌 누지 말고."

"네, 알았음다. 할머니."


밤새도록 기도자의 정근소리가 끊이지 않고 들렸다.

슬픈 소리, 힘찬 목소리, 불현듯 우는 소리….

종일 산행에 지친 다리를 펴고, 꿈속에 빠져들었다.

■

'어느 여자 환자가 병원 침대에 실려 산을 올라오고 있다. 두 남자가 낑낑대고 침대를 밀고 있지만 지친 모습이다. 두 남자는 거의 포기할 모양새다. 갑자기 산에서 흰옷 입은 할아버지가 내려 와 밧줄을 침대에 묶더니 단숨에 끌고 올라간다. 산에 올라온 환자는 할아버지를 잡고 엉엉 울어댄다.'

■

"총각, 총각, 밥 먹어" 할머니가 재촉하는 소리에 꿈에서 깨어 났다. 곤한 잠이었다. 밥때가 되어서 일어났다. 밥상 앞에는 벌써 기도자들이 죽 앉아서 공양을 하고 있었다. 간밤 꿈에 본 환자의

一장·가림들

얼굴도 있었다.

'개꿈은 아니었군.'

머릿속으로 대충 꿈 해몽을 하고, 그 여인에게 다가갔다.

"아줌마, 어디 편찮으세요?"

할머니가 대뜸 "보면 몰러, 머리가 다 벗겨졌잖어" 하신다.

"아줌마, 제가 점 한 번 봐드릴 테니 생년월일 좀 가르쳐주실래요?"

또 할머니가 대뜸 참견했다. "척 보면 알어야지 먼 생년월일이여…"

"글면 제가 척, 한 번 볼까요?"

나는 간밤 꿈을 인용해서 한마디 했다.

"아주머니 여기 오실 때 남자 둘이 데리고 오셨죠?"

"응, 그려."

또 할머니가 대뜸 "이 총각, 하루 자더니 신통했네벼" 한다.

"근디, 나 살 수 있는가? 총각."

"물론이죠. 이 산에 할아버지가 데려온 거나 마찬가지니까, 병다 나슬 거유."

간밤 꿈을 인용해서, 난 제법 아는 소리를 했다.

또 할머니가 대뜸 "옴메, 저 총각 진짜 신들린 사람인게벼" 한다.

"아아뉴, 저 신 안 들렸는디유."

"그럼 어찌 그리 아는가?"

"기냥 해본 소린디유."

아주머니가 정색을 하고 말한다. "그래도 한 번 잘 봐바… 어떤 할아버지가 데리고 왔나."

또 대뜸 할머니가 "밥값 할려면 끝까정 봐줘야지" 나선다.

"생년월일 가르쳐주면 봐줄게유."


여인은 18세에 가난한 농부의 집으로 시집을 왔다. 그의 부친은 증산교의 도인이었다고 한다. 계해년 가을 추수가 끝날 무렵, 집안에 이상한 일이 벌어졌다. 갑자기 소 한 마리가 이유 없이 죽더니, 3일 후 또 한 마리가 죽어나갔다 한다. 당시 소는 농사꾼의 커다란 재산이었다. 그리고 며칠 후 참을 수 없이 배가 아파 병원에 갔더니, 암이란 진단이 나왔다. 60년대에 시작한 가족계획 정책으로, 시골 아낙네들은 보건소에서 주는 피임약을 무조건 복용했다. 여인은 임신을 하였고, 유산이 된 줄도 모르고 많은 날을 보냈다. 배가 아프면 체한 줄 알고 활명수 먹고, 머리가 아프면 소다나 명랑을 먹고 지냈다. 뱃속에서 아기가 썩어가는 줄은 꿈에도 모른 것이다. 융모 상피암은 뱃속에서 태아가 썩어서 자궁과 다른 조직으로 퍼져나간 것을 말한다. 병원에서 수술을 받고 3개월 동안 약물치료를 받았으나 차도가 없었다. 답답한 남편은 무당을 찾아가 의견을 구하게 되었다.

무당의 말이 "친정아버지가 찾아들었는데, 대우를 안 해주어서 신의 벌점이 내렸다"는 것이다. 조상 대우를 하고 산에 들어가 백일기도를 하면 완쾌가 된다고 하여 산에 들어온 것이다.

대전에서 퇴원해서 집에도 들르지 않고 곧바로 이곳으로 왔는데, 산 입구에서 갑자기 기운이 난다며 걸어서 올라왔다고 한다. 부축하던 아들과 남편은 짐 보따리만 들고 뒤를 따른 것이다. 현재는 기도중이며, 기도시에는 부친이 나타나 병마를 물리쳐주신다는 것이다.

지금도 이 여인은 해마다 추수가 끝나면 기도를 올린다. 또한 귀에 들리는 듯한 아버지의 목소리를 느낄 수 있다고 한다. '시천지 조화정'을 기도시에 발원하라고 했다는 것을 보면, 그의 부친이 증산교 신자였다니 아마도 증산교의 무슨 주문인 듯하다. 그가 병마를 이겨낸 것은 사주팔자의 운 덕인가, 의학의 치유 덕인가, 아니면 조상의 덕인가? 의문이 아닐 수 없다.

| 辛 | 庚 | 庚 | 丁 |
|---|---|---|---|
| 巳 | 寅 | 戌 | 丑 |

위 사주는 경금庚金이 술월戌月에 낳고 신금辛金이 당령當令하였으나 정화
丁火가 화국火局으로 기세를 득하니 정관격正官格이다. 정관격은 정재正財
를 상신相神으로 하여야 지역사회를 대표하는 분야에서 등과한다. 또한 정
인正印을 구신求神으로 삼아야 뛰어난 업무능력자가 되는 것이다. 하지만
일간이 지나치게 신왕身旺하니 사회제도를 스스로 거부한 파격破格이다.

二
장

———————

착
한
 귀
신
들

# 1

## 당신 곁으로 갈 수 있나요

### 명산대천 기도처

계미년 3월.

1년이 새로 시작되는 정월은 무당들이 가장 바쁜 때이다. 신도들의 '액막이 공사'가 한 달 내내 지속되기 때문이다(1년 동안 가정의 안녕을 위해 액을 소멸해달라는 의식을 말한다).

법사인 나는 바쁜 무당을 둘이나 둔 덕에 일복이 많다. 일복이 많으면 당연히 돈도 많이 번다. 아! 하지만 무당 돈은 가랑잎이라고 어떤 육시랄 인간이 말했다던가? 동지섣달 긴긴날과 정월 한달 뺑이 쳤는데….

"응미야(난 아직도 요렇게 부른다)! 돈 얼마 있나?"

"3백만 원~"

"(니가 다 썼지 하는 표정으로) 전부 어디 가고 고거냐?"

"나, 안 썼어…"

"그래도 너무 없는 거 아녀?"

"잘 생각해봐."

멀 생각하라는 야그인가….

사무실에서 점만 볼 때는 꾸준히 근무하니까 수입이 일정했다. 법사가 되고 나서는 출근도 안 하고 굿도 안 하는 애매한 날이 많아지게 되니, 바쁜 것 같지만 실질적으로는 시간 낭비가 많이 생긴 것이다. 생각하니 조금 승질이 난다.

1년 동안 책 한 권 못 읽고 지나갔는디… 출근을 안 하니 손님도 얼마간 떨어져나가고… 바쁘다는 핑계로 제자들 제대로 가르치지도 못허고….

이거 무슨 대책을 세워야 하지 않나 싶었다.


"작은 법사(아버지 대신한다고 해서 생긴 나의 칭호다)!"

논살 보살님이 다정하게 부른다.

"대충 일은 마무리 되었으니 기도를 가야 할 것 같은디?"

교회에서 "혼자 있을 때 기도하고, 둘이 있을 때 선교하라"는 말이 있는 것처럼, 무당들은 손님이나 굿이 없을 때는 기도를 떠난다.

대개의 경우 명산名山이나 대천大川에서 기도를 하게 되는데, 소문난 기도도량을 찾는 경우도 많다. 명산대천을 찾아다니면서 기도를 올리는 것을 하나의 의무처럼 행하고 있다.

"어디 가고 싶은디요?"

"용궁도 가야디고, 지리산에서 불사 할머니가 다녀가라는 것 같어."

나도 아버지 닮아서 말은 멋대가리 없이 한다.

"또, 워디요?"

기동력이 없는 보살님은 기도 갈 때면 내가 모시고 다녀야 하니 항시 미안하게 생각하신다.

"바쁜 사람 붙잡고 기도 다닐라니 미안해서 그라지."

"저도 인제 기도 다녀야 허는디 먼 말씀이세유."

"오대산도 가야 하고 태백산도 가야 하고, 월출산은 꼭 가야댜."

이렇게 되면 굿하는 것보다 더 바쁘게 생겼다. 매주 3일 정도는 전국을 돌아야 한다는 얘기다.

일진을 뽑아보니 마침 경칩 날이다.


계미 을묘 무인 임술癸未 乙卯 戊寅 壬戌


인성印星이 없는 것을 보니까 조상 기도는 안 되려나보다. 관살官殺이 주主하니 도량 기도나 다닐 것 같다. 무인성無印星에 관살태왕官殺太旺이라! 사랑 받지 못하는 기도를 나는 떠나는구나!

연겁年劫에 재합財合하니 누굴 만나서 지랄을 하려고 하는지 기대할 만하다. (혹여 어린년 만나서 바람이나 피우려나…) 정신 차려라 이놈아, 미친놈아. 기도 가는 것 일진 뽑아놓고 한다는 생각이, 쯧쯧. 여하튼 젊은 여자가 한 명 따라붙을 것 같기는 하다.

임진날.

을유날 서해안을 한 바퀴 돌았으니 이번에는 지리산을 가기로 했다. 새벽부터 일어나 수선을 떨어야 논산에 늦지 않게 도착할 수 있다. 명산굿당(계룡산에 있는 굿당)에 도착하니 6시다. 3명이 기다리고 있다.

기해생 조 법사(새로운 제자이다)와 송 선생(충주에서 역학원을 하는 제자)이다. 조 법사는 굿당에 머물면서 기도도 하고 한참 법사 공부에 열중이다. 아직은 신내림을 받은 것이 아니니 정식 법사는 아닌 셈이다. 송 선생은 20년간 역학원을 하시는 분이다. 무엇이 부족하신가 요즘은 열심히 공부하러 다니신다. 그리고 또 한 명.

"선생님…"

"니가 웬일이냐?"

"저도 가면 안 되나요?"

얼마 전에 만난 문 보살이다.

순간, 점괘에 있는 필연인가? 아직은 어리니 두고 봐야지… 하고 혼자 생각해본다.

커피 한 잔씩으로 인사말을 대신하고 서둘러 출발했다. 논산

二장·착한 귀신들

에 도착하니 7시다. 시루떡, 과일, 쌀이 한 말은 될 것 같다. 푸짐한 제수품목이 차에 실린다. 목적지는 '지리산 천왕봉의 천왕할머니'다.

대전—진주간 고속도로!

산과 산 사이에는 다리를 놓고, 높은 산은 구멍을 뚫어 만든 것 같다. 위에서 내려다보는 경치는 너무나 아름답지만, 밑에서 하늘로 지나가는 고속도로를 바라보는 농민들은 그렇지 못할 것 같다.


아침 안개가 엷게 피어오르는 풍경이 졸린 눈을 차마 감지 못하게 한다. 함양을 지나니 차창 밖에 할머니 두 분이 보인다. 앞선 이는 치국산 할머니고, 따르는 이는 우리 할머니다. 치국산 할머니는 할일없이 죽어지내더니 요즘은 기도 때마다 앞을 서신다.

"할머니 어디 가?"

"이놈아, 내가 살아생전에 못 본 데가 많아서 너를 앞장세워 가는 중이다."

"……."

눈물이 핑 돈다.

생각하기 나름이겠지만 내가 항시 생각하니까 자주 보이는 것인가? 아니면 정말 나를 위해주려고 앞장서시는 것인가?

여하튼 하여튼 나의 조상이 아닌 분이 요즘 부쩍 앞을 서고 계신다는 것이 생각해볼 문제다.

도착한 천왕 할머니 도량은 전과는 많이 달라진 모습이다. 절이 세워졌고 아직도 대대적으로 공사 중인 것 같다. 물론 중요 길목에는 교회가 서고, 유명한 기도처에는 절이 세워지는 것이 당연한지 모른다. 하지만 이렇게 기도터마다 절이 세워지면 무속행위를 막는 경우가 허다하다. 머지않아 이곳도 우리들 방식의 기도법이 아니라 절 도량의 기도법만을 강요할지 모를 일이다. 그것이 지금의 변화된 모습에서 미리 예견 되는 것 같다.

술은 올리시면 안 됩니다. 징을 치시면 안 됩니다. 소리 내서 독송하지 마세요 등등, 무속행위 금지법, 무속행위 금지 도량 등의 서글픈 '야그'는 다음에 하기로 하자.

뻥 뚫린 고속도로와 일찍 출발한 부지런함 덕분에 우리는 대구 팔공산을 들러 가기로 결정했다.

이런저런 생각을 하는데, 논산 보살님 전화벨이 울린다.

아마도 누가 굿을 해달라고 하나보다. 이구동성으로 "보살님 벌써 기도빨 받으시네" 했다. 나는 "30년째 논산 1등여~" 하고 추켜세운다.

옆에 있던 조 법사는 "군수보다 유명하셔" 한다.


팔공산 갓바위 부처님!

오랫동안 찾아뵙는 부처님이시다. "약사여래불"을 외치면서 오르고 내리고…. 예전에는 줄을 서서 부처님 손을 잡아보았는데, 몇 년 전부터는 통제구역으로 변해서 먼발치서 우러러본다.


## 전처 자리, 후처 자리

갑오날.

기도 길에서 부탁 받은 굿을 하는 날이다.

조 법사는 아침 일찍부터 굿상을 멋있게 차려놓았다. 덩치는 남산만한 사람이 어떻게 저렇게 상을 이쁘게 차리는 것인가 하고, 볼 때마다 의아하다. 법사보다는 상차림 전문가로 나서는 것이 나을 법도 하다. 요즘은 충청도 굿 상차림의 대가라고 자화자찬을 하고 다닌다. 내가 봐도 멋있게 차리기는 하는 것 같다. 손하나 까딱 안 하는 나하고는 완전히 대조적이다.

손님이 도착한다. 연세가 높으신 할머니 한 분이다. 연세에 비해 헤어스타일이 커트머리 모양이다. 대개는 퍼머를 하고 다니는데 허리는 인사하듯 굽으셨고, 오똑한 코에 살집이 전혀 없으시다. 축원장을 보니 무오생에 12월 20일 인시다.

버릇대로 만세력을 펴놓고 사주를 뽑는다.

계수癸水 일간이 한냉寒冷한 축월丑月에 낳고 당령當令하였다. 축중丑中의 신금辛金이 금국金局으로 용사用事하였기에 편인격이다. 천간에 정관이 드러나니 관설官洩하여 월간에 식신이 드러나니 효신梟神이 된다. 관설이란 남편이 없음을 말하는 것이고, 효신이란 내 자식은 키우지 못하고 남의 자식을 키운다는 의미와 같다.

늦은 나이에 굿을 하러 온 이유가 너무 궁금해진다.

그렇지만 일이 시작되기 전에 무당들끼리 묻지 않는 것이 우리 계통의 관례이다.

그래도 궁금하다. 그것도 무쟈게….

"보살님! 오늘 굿 내용이 머여요?"

보살님은 황당한 말씀을 하신다. 내용인즉, 할머니는 아들 둘에 딸 하나인 홀아비에게 처녀 시집을 오게 되었다. 전실 자식을 정성으로 키우고, 할머니는 아들 하나를 낳게 된다. 자신이 낳은 아들은 11살에 물에 빠져 죽게 된다. 남편 또한 얼마 지나지 않아 자신과 전실 자식들을 놔두고 세상을 떠났다.

할머니는 전실 자식들이 모두 자립할 때까지 정성 들여 키우게 된다. 이제는 나이가 들어 죽을 날을 바라보게 되었다. 굿을 하는 이유는 남편을 불러달라는 것이다. 자기가 죽으면 어디로 가야 하나 남편에게 묻고 싶단다. 그러니까 후처이고 자신이 낳은 자식도 없으니, 죽으면 남편 곁으로 갈 수 있는가를 묻는 것 같다.

이것이 무슨 말인가. 약간 기가 막히고 찡하다.

자신이 후처이고 자식도 없으니까 당신 곁으로 갈 수 있냐고 묻는다?

나는 속으로 '빌어먹을 별 이런 굿이 다 있어' 한다.

"보살님! 당연한 거 아녀유?"

"아닌가봐. 후처이거나 자식이 없으면 죽어서 남편과 살 수 없다"

"그럼 전처만 인정하는 거란 말여유?"

"그렇다고들 하던데"

"빌어먹을 귀신들이 별걸 다 따지고 지랄이네…"

보살님의 설명을 듣고 나서는 할머니가 예사로 봐지지 않는다.

공연시리 불쌍한 생각이 들고 그런다.

나는 경문을 시작했다.

먼저 초경인 보신경을 하고, 육계주, 부정경, 신장청, 산왕경, 명산경, 산왕축원, 축사문으로 한 석(법사의 첫 번째 경문)을 끝냈다.

두 석째는 해원과 조상경을 잘해야겠다는 생각이 든다. 그래야 빌어먹을 남편이 와서, 나 여기서 당신을 기다리고 있으니 죽으면 내 곁으로 오라,고 말하게 말이다.

두 석째가 시작되었다. 점심을 배불리 먹었더니 경문을 하면서도 조금 졸립다. 하긴, 비밀이지만 가끔은 졸다가 깜짝깜짝 놀라기도 한다.

---

일심으로 발원이요. 법송제자는 신축생으로 건명제자 절소식하고 엄정의관하고 정심청계 한 연후에 고지낭송을 하옵나니 실물귀망커든 무제단속을 하옵시고 소원독촉을 하소서~

천지신명 일월성신 신명신도 선생님네 남섬부주는 해동은 대한민국 충청남도 ○○군 ○○면… 김해 김씨 대한가중 무오생으로 김씨자손 신명신도 선생님네~

저기 앉은 저 자손 금일 공사 밝히자고 상탕으로 머리 감고 중탕으로 목욕하고 하탕으로 목욕하고 전조단발 한 연후에~

건명대주는 생기일과 곤명지주는 복덕일과 자손궁으로 만당일과 사주팔자는 상상길일 조상전으론 천도일로 생기복덕 가려내어 상상길을 가려다가~

동방으론 청용수요 남방으론 적용수요 서방으론 백용수요 북방으로 흑용수요 중앙으론 황용수요 설설이도 흘러가는 장용수를 길러다가

　　　　　　　　　　　　　　　　二장·착한 귀신들

옥수공양을 바친 후에~

비나이다 비나이다 제불제천 보살님 전에 비나이다 명산대천 산신님 전에 비나이다 김씨 가중에 좌우조상 신명신도 선생님 전에 비나이다~ 미련한 게 인간이라 아무것도 모르는 게 인간이라 동방이 환해야 날이 샌 줄 알 것이고, 새까만 가마솥에 화식을 익혀서 떠먹으니 인간이지~ 그간에 조상님네 입은 덕이 태산이요 하해가 막심이나 저기 앉은 저 자손 아무것도 모르고서 그간에 지은 죄를 낱낱이도 풀어달라 이 공사가 아니리가~

금일공사 받아들 때 소례를 대례로 받아들고 정성이 부족타 말으시고 지성이 부족타 말으시고 법사의 축원이 부족타 말으시고 태산같이 받아들고 저 자손을 살펴달라 금일공사가 아니리까 금일공사 나오시어 원도 풀고 한도 풀고 심중소원을 풀으시고 저 자손들 살피실 때 모르는 건 가르치고 아는 것도 일러달라 금일공사가 아니리까~

저기 오신 저 신명님 저기 오신 저 신도님 남의 가문은 이러니 저러니 하더라도 김씨 대한 가중에는 웃음으로 연화하고 춤으로 택일시켜 안과 태평으로 점의점지 시켜달라 금일공사가 아니리까~ 신축생으로 건명제자 김씨 가중의 대주가모를 대신하여 소원일자를 논하자면 당산부모는 천년수요 슬하자손은 만사영위라 가택도 편안하고 가문도 흥성하여 백자천손 만복래라 하옵시니~ 이 세상을 살아갈 때 가내가신의 신명에 신도 선생님은 액난제살을 하옵시고 천황습이는 지황습이 산신습이 용궁습이 신명습이 조상습이 노중습이는 낱낱이도 가려다가 위주원감 소멸하고 금일공사를 살피소사~

선망조상 후망조 좌우조상 영가님네 가내가신은 부대용친 형제자매 숙질남매 청춘고혼은 무주고혼 좌우조상의 영가님네 해원경으로 발원이니 청춘해원에 원을 풀고 조상팔경에 한을 풀고 서방정토 극락세계 왕생극락을 가옵시다 좌우조상은 해원신~

원 많으신 저 조상님 한 많으신 저 조상님 원이 많고 한이 많아 철천지도 원이 되고 한이 되어 저 자손을 앞세우고 이 도당을 찾아들은 저기 오신 저 조상님 오늘날로 해원이네 좌우조상은 해원신~

동방천황에 해원신 남방천황에 해원신 서방천황에 해원신 북방천황에 해원신 중앙천황에 해원신 염라대왕에 해원신 좌우조상은 해원신~

가는 길은 있어도 오는 길은 없다더니 한번 가신 저 내님은 다시 올 길 막연하네 좌우조상은 해원신~

남의 말로는 구백 세를 살 것만은 어이 그리도 다 못살고 한 번 가서서 못 오시나 좌우조상은 해원신~

저기 오신 원 많으신 저 조상님 한 많으신 저 조상님 무엇이 맺어 원이시며 무엇이 맺어 한이던가 글로 맺어 원이시면 글발로다 풀으시고 말로 맺어 원이거든 제자 입을 빌어 내어 세세원정 풀옵시다 좌우조상은 해원신~


저기 오신 저 조상님 원 많으신 저 조상님 한 많으신 저 조상님 넋이라도 오셨거든 넋반으로 앉으시고 혼이라도 오셨거든 혼대로다 앉으시아 원도 풀고 한도 풀어 심중소원 풀옵시다 좌우조상은 해원신~

일배일배 구일배로 약주 삼배 잡수시고 악의악심 다 버리고 착할 선자 마음 돌려 서방정토 극락세계 왕생극락 가옵시다 좌우조상은 해원신~

미련하다 미련하다 어이 그리도 미련한가 꿈으로도 일러주고 생몽으로도 일러주고 생시로도 일러주었것만 어이 그리도 느리던가 좌우조상은

二장·착한 귀신들

해원신~

밤이면 쥐가 되어 뒷문으로 찾아들어 자손성패 밝혀주자 하였건만 쳐다보면 탈이 나고 만져보면 병이 나니 어찌 아니도 슬프던가 좌우조상은 해원신~

슬프구나 슬프구나 낮이 되면 새가 되어 앞문으로 들어와서 자손성패 밝혀주자 하였것만 얼러보면 탈이 나고 달래보면 병이 나니 어찌 아니도 슬프던가 좌우조상은 해원신~

저기 앉은 저 자손들 친자친손 모여 앉아 판수 불러 굿을 한들 내가 오면 온 줄 아나 내가 가면 간 줄 아나 불쌍하고 가련하네 좌우조상은 해원신~

눈을 뜨고 바라본들 내가 너를 볼 수 있나 니가 나를 볼 수 있나 안타깝기 그지없어 절로 눈물 흘러내려 내가 되고 강이 되니 불쌍하고도 가련하네 좌우조상은 해원신~

눈을 감고 만져본들 내가 너를 만질소냐 니가 나를 만질소냐 안타깝기 그지없어 절로 눈물 흘러내려 만첩산에 계곡수가 되었으니 불쌍하고도 가련하고 가련하고도 불쌍하네 좌우조상은 해원신~

내가 왔네 내가 왔어 천금 같은 내 자손아 만금 같은 내 자손아 경주 남산에 굴릴 동아 금을 준들 너를 사며 은을 준들 너를 사랴 좌우조상은 해원신~

내가 왔네 내가 왔어 천근 같은 내 자손아 내가 왔네 내가 왔어 먹여주고 입혀주고 산신님 전 복을 빌고 제석님 전 명을 빌어 자손궁에 전하자고 내가 왔네 내가 왔어 좌우조상은 해원신~

느리구나 느리구나 어이 그리도 느리던가 내가 온줄 몰랐더냐 좌우조

상 신령님에 명령을 거역하였으니 약을 먹어 약 덕인들 입었더냐 침을
맞아 침 덕인들 입었더냐 날이 가면 날 덕인들 입었더냐 불쌍하고도 가
련하네 좌우조상은 해원신~

동지섣달 긴긴 밤에 홀로 누워 탄식한들 어느 누가 알아준다 하였더냐
어느 동기간이 찾아주긴 하였더냐 어느 부부라고 챙겨주긴 하였더냐
어느 자식이라고 반겨주긴 하였더냐 불쌍하고도 가련하네 좌우조상은
해원신~
내가 왔네 내가 왔어 먹을 전도 벌어주자 입을 전도 벌어주자 먹고 남
게도 점지하자 입고 남게도 점지하자 내가 왔네 내가 왔어 좌우조상은
해원신~
저기 오신 저 조상님 원 많으신 저 조상님 한 많으신 저 조상님 해원경
을 받아들고 원도 풀고 한도 풀고 가옵시다 가옵시다 서방정토 극락세
계 왕생극락을 가옵시다 좌우조상은 해원신~
가옵시다 가옵시다 슬피우는 저 두견새 내 발길을 재촉하네 가옵시다
가옵시다 서방정토 극락세계 왕생극락을 가옵시다 좌우조상은 해원신
~
가옵시다 가옵시다 세상만사 다 버리고 자손근심을 다 잊으시고 서방
정토 좋은 길로 왕생극락을 가옵시다 좌우조상은 해원신~
가옵시다 가옵시다 서방정토 극락세계 왕생극락을 가옵시다 황천길을
가옵시다 천상으로 가옵시다 황천길을 가자 하니 풍한서습에 길이 막
히고 옥경으로 가자 하니 장천이 구만리라 옥경에도 내 못 가고 왕생극
락도 내 못 가야 너를 찾아 내가 왔네 좌우조상은 해원신~
선망조상 후망조상 좌우조상 영가님네 가내가신은 부대용친 형제자매
숙질남매 청춘고혼은 무주고혼 좌우조상의 영가님네 못다 살고 못다

먹어 원이 되고 한이 되어 이 도당으로 나오시는 저기 오신 저 조상님 이내 한 말 들어보소~

송경 법사는 신축생으로 건명제자 독경발원을 받아들고 원도 풀고 한도 풀어 심중소원을 풀어놓고 서방정토 좋은 길로 왕생극락을 가옵시다 나무아미타불~

어떤 사람은 팔자 좋아 고대광실 높은 집에 원앙금침 깔아놓고 아들 길러 성취하고 딸은 길러 출가시켜 친손 보고 외손 보며 오동나무 상상 가지 분황 같이도 잘사는데~

이내 팔자 전생에 무슨 죄로 남과 같이 내 못살고 한번 죽어 원혼 되어 저승에서도 발원하고 황천에서도 애원한들 다시 올 길 막연하네~

슬프도다 슬프도다 이내 팔자 생각하니 나오나니 한숨이요 흐르나니 눈물이네. 물 위의 거품 같고 밤바람에 등불 같고 풀잎에 이슬 같네~

언제 한번은 오마던가 춘삼월에 불탄 잔디 속잎 나고 꽃이 피면은 오마던가, 황해바다 물이 말라 육지 되면은 오마던가, 태산이 무너져서 평지 되면은 오마던가~

언제 한번 오마던가 상전이 벽해 되고 벽해가 상전 되면은 오마던가, 병풍에 그린 수탉 접은 날개를 툭툭 치며 꼬꼬 울면은 오마던가~

언제 한번은 오마던가 북경만리가 멀다 해도 편송행차는 다녀오고, 강남천리가 멀다 해도 새가 되어서 날아가건만은 한번 가신 저 내님은 다시 올 길 막연하네~

언제 한번은 오마던가 춘삼월에 불탄 잔디 속잎 나고 꽃이 피면 연자 펄펄 날아들어 꽃을 찾아 놀러오고, 칠월칠석이면 년년일로 상봉하는 견우직녀가 있건만은 한번 가신 저 내님은 만날 길이 가이없네~

가옵시다 가옵시다 서방정토 극락세계 왕생극락에 가옵시다. 일배일배 구일배로 약주 삼배 잡수시고 악의악심 다 버리고 착할 선자 마음 돌려 서방정토 극락세계 왕생극락을 가옵시다 나무아미타불~

가옵시다 가옵시다 세상만사 다버리고 자손근심은 다 잊으시고 서방정토 좋은 길로 왕생극락에 가옵시다 나무아미타불~

가옵시다 가옵시다 황천길로 가옵시다. 천상으로 가옵시다. 황천길도 내 못가고 옥경으로도 내 못 가신 저기 우시는 저 조상님 독경문전 찾아들어 이내 한 말 들어보소~

일생일사는 도무사요 한번 왔다 한번 가시긴 정한명이요. 인간백세는 난중우라 백살에 죽어도 정한명이요. 인간 칠십은 고래해라 칠십에 죽어도 정한명이요. 열 살에 죽어도 정한명이요. 비명횡사도 팔자라오~

옛날옛적 도덕군자 영웅열사 호걸들도 한번 죽음은 다 있다오. 요순우탕은 문무주공 성덕이 모자라 죽었나요. 공자맹자 그 양반은 도덕이 모자라 죽었나요. 만승천자 진시황은 세력이 모자라 죽었나요~

항우장사 초패왕은 기운이 모자라 죽었나요. 말 잘하는 소진장이는 말을 못해 죽었나요. 점 잘 보던 소강절이는 점을 못 봐 죽었나요. 침 잘 놓던 편작이는 침을 못 놔 죽었나요. 약 잘 쓰던 화타선생 화재를 몰라 죽었나요. 한번 죽음은 다 있다오~

불원천리 찾아오신 원 많으신 저 조상님 한 많으신 저 조상님 그런 혼신에 본을 받아 한번 가심에 원을 말고 서방정토 좋은 길로 왕생극락을 가옵시다 나무아미타불~

요순우탕은 문무주공 아항여항 두 미녀는 요임금의 소생으로 순임금을 섬길 적에 소강 위해서 이별할 때 피눈물을 뿌렸더니 소상반죽이

二장·착한 귀신들

되었으니 근들 아니 원맹이며 그 설움 같을소냐~

금일영가 저기 우시는 원 많으신 저 조상님 한 많으신 저 조상님 그런 혼신의 본을 받아 원한지심 풀어놓고 세상만사 다 버리고 왕생극락을 가옵시다 나무아미타불~

귀비활윤은 장년신 천하일색 양귀비는 당명왕의 소실로서 만종록을 누리다가 만조백관 미움 받아 역정에서 목을 매어 격랑치사 원혼 되니 근들 아니 원맹이며 그 설움 같을소냐~

원 많으신 저 조상님 한 많으신 저 조상님 원이 많다 원을 말고 한이 많다 한을 말고 그런 혼신 본을 받아 서방정토 좋은 길로 왕생극락에 가옵시다 나무아미타불~


만승천자 진시황은 천하일색 모아놓고 아방궁에서 노닐 적에 원하느니 불로초요 구하느니 불사약이라 동남동녀 5백 인을 삼신산으로 보냈것만 불사약을 못 구하야 여남송백 저문날에 황제 무덤이 뚜렷하니 근들 아니 원맹이며 그 설움 같을소냐~

금일영가 저기 우시는 저 조상님 가옵시다 가옵시다 노소노비를 받아들고 젖은 신발은 고쳐 신고 낡은 옷은 갈아입고 착할 선자 마음 새겨 서방정토 좋은 길로 왕생극락에 가옵시다 나무아미타불~

역발산 초패왕은 천하명장이라 이름하여 십육 세에 강을 건너 천하대업을 도모하다 팔년풍진 난송중에 대업성사 못 이루고 팔천 부하를 다 해치고 독불장군이 되었으니 역발산도 쓸데없고 기개세도 할일없네 한 번 죽음은 못 면하네~

가옵시다 가옵시다 왕생극락을 가옵시다 반야용선 잡아 타고 생사 바다를 건너가서 연화대로 가옵시다 나무아미타불~

말 잘하는 소진장이는 육국제왕 다 달래고 아방궁까지 달래건만 염라 대왕은 못 달래야 한번 죽음을 못 면하니 근들 아니 원맹이며 그 설움 같을소냐~

가옵시다 가옵시다 서방정토 극락세계 왕생극락을 가옵시다 악의악심 다버리고 원도 풀고 한도 풀어 서방정토 좋은 길로 왕생극락을 가옵시 다~

지장보살 지장보살 대원중생의 지장보살 지장보살 지장보살 왕생극락 의 지장보살 인로왕보살 인도하고 팔보살은 시위하고 왕생극락을 가옵 시다 나무아미타불~

원왕생 원왕생 좌우조상은 원왕생 원왕생 원왕생 왕생극락의 원왕생 서 방정토 좋은 길로 인도환생을 하소서 나무아미타불~

노소노비를 받아 들고 젖은 신발은 고쳐 신고 낡은 옷은 갈아입고 정 심청계 한 연후에 악의악심 다 버리고 착할 선자 마음 돌려 서방정토 극락세계 왕생극락을 가옵시다 나무아미타불~

옴 급급 여률령 사바하~

---

덩치는 허벌나게 큰 놈이 해원경을 할 때면 나도 모르게 눈물 이 난다. 사람 사는 것이 슬픈 일만 보면 전부 자기 처지인 양 하 는 것 아닌가.

누가 들으면 귀신 씨나락 까먹는 소리만 하는 것 같지만 우리 는 죽은 자와 산 자의 중간에서 무엇인가를 하고 있다. 옳고 그름과 맞고 틀리고를 따지는 세상 속에서, 눈에 보이지 않고 손에 잡히지 않는 굿판에 살고 있다. 기쁨보다는 슬픔이 가슴 깊이 서려 있는 사람과 영혼들을 매일매일 대하고 있는 것이다. 드라마에서 본 듯한 사연들, 남의 얘기로만 여겨졌던 사건들….

여하튼 하여튼 잠시 휴식을 취하고 가림(무당이 조상을 몸에 실어 옳고 그름을 판단하는 행위)이 시작되었다. 조 법사는 바라를 치고 나는 고장을 치고 논산 보살은 신장대를 잡는다.

충청도에서는 먼저 신장 가림을 해서 금일 굿을 누가 주관하는지를 알아본다. 신장 가림은 마치 재판정을 설치하고 판관을 모시는 행위와 같은 맥락으로 해석할 수 있다. 신장 가림이 끝나면 코(소창에 매듭을 지어서 풀어내는 행위)를 푼다.

조상이 어느 코에 걸려서 원이 있는가를 알아보고 그 원을 풀어주는 행위이다. 대개 조상은 소창에다 12매듭을 매게 된다. 코를 풀고 나면 조상 가림에 들어간다.

전과 달리 요즘은 조상들이 자기 옷을 들고 한 벌씩 갈아입는 것이 특징이다. 그리고 자손과 대화를 한다.


저기 오신 저 조상님 불원천리도 오셨구나 자손 찾아 오셨거든 기자 몸주 빌어내어 주홍 같은 입을 통해 내가 왔다 말을 세세원정 풀읍시다….

남편 조상을 청하니 보살이 옷을 들고 일어선다.

눈에는 눈물이 비오듯 쏟아진다.

'엉엉엉…' 그렇게 남편과 아내는 한참을 붙잡고 운다.

아내가 먼저 입을 뗀다.

"당신 어디 있는 거야?"

필시 아내의 이 말은 나를 데려갈 수 있는 곳에 있는 거냐는 물음일 것이다. 남산만한 조 법사가 훌쩍거린다. 물론 논산 보살은 남편 조상이 실려서 계속 눈물 바다다.

난, 이런 때는 안 운다. 법사는 가림시에 독한 표정을 하고, 엄한 표정도 하고, 꾸짖는 표정도 하지만, 눈물을 흘리는 약한 표정은 금물이다. 남편 조상이 말을 한다.

"흑흑흑! 고생했소 여보… 내 자식 모두 잘 키워주고… 이렇게 만나는구려."

"선미 아부지, 이제 내가 죽을 때가 온 것 같어유. 이제는 선미 아부지 곁으로 가야지유… 나 죽으면, 당신 곁으로 갈 수 있는 거여유?"

조 법사의 우는 소리가 커진다. 아마 자기 처지인 모양인가보다. 내가 알기로는 노부부가 아직 생존한 것으로 알고 있는데 말이다.

아니다, 어느 누가 이 광경을 보고 눈물을 안 보일 수 있단 말인가. 정말 빌어먹을 광경이다. 남편 조상이 다시 입을 연다.

"내가 일찍 죽어서 당신 고생만 시키고… 잘살아보자고 노성산에서 만나 약속한 지가 엊그제 같은데 이제 많이 늙었구려…"

남편 조상은 아내의 물음에는 대답을 안 하고 살아생전의 얘기만 자꾸 한다. 아내는 그제서야 손수건을 눈에 댄다.

우는 소리가 크지 않다. 절제가 몸에 밴 듯한 모습이다.

"미안하구려 여보! 내가 아직 능력이 없어서 당신을 어찌할 수가 없구려."

이건 웬 빌어먹을 소린가. 자기 능력으로는 판단할 수 없다는 얘기 아닌가. 그러면 남편 조상의 윗대 조상이 나와서 판단을 해야 한다는 얘기다. 그래도 그렇지 이게 웬 말인가. 아무리 후처라고 해도 그 고생을 하면서 자기 자식들을 정성스레 키워줬는데…. 그러면 남편 곁으로 갈 수 없다는 말이 아닌가.

결혼은 못해도 죽어서 다시 만나자고 약속하는 드라마 같은 사연들은 전부 거짓말이란 말인가. 혹시 나도 어느 여인에게 "자기야, 우리 죽으면 다시 만나자" 하고 거짓말을 한 적은 없나…. 에고… 여자 울리지 말고 잘살아야지…. 하지만 이것은 그런 것과는 다르지 않은가. 후처지만 정식 부부 아닌가 말이다. 아이, 씨발 드러운 구조다.

여하튼 하여튼 이제는 친정아버지 조상이 나오신다.

결국은! 결국은! 친정아버지가 나오셔서….

"너 죽으면 나와 같이 갈 것이다…. 하지만 아직은 데려갈 때가 안 되었구나…."

"아버지! 데려가려면 빨리 데려가요. 이러다 오줌 똥 싸면 찾아올 사람도 읎어유."

독한 법사도 눈물 한 방울이 떨어진다. 할머니가 울기 시작한다.

"엄니 엄니 엄니…엉엉엉…."

아, 저 나이에도 엄마를 찾는구나. 자기 엄니를 찾아가며 우는 소리는 그간의 일들을 말하는 듯하다.

# 안 열리는 고추장 항아리 뚜껑

병자년 눈이 내리던 날.

'징글벨 징글벨~~'

라디오에서는 캐롤송이 흘러나오고 있었다.

이정옥 여사는 자신의 피자 가게에서 바쁜 점심시간이 지나 한숨을 돌리고, 커피를 마시며 창밖을 내다보고 있었다.

"사장님! 우리도 여기에다 크리스마스 트리 만들어요."

아르바이트생의 들뜬 목소리에 고개를 돌리는 이정옥 여사의 눈에 홀 한구석 테이블에서 두 아들과 함께 피자를 먹고 있는 한 가족이 들어왔다. 그들을 바라보는 그녀의 눈에 이제는 돌아갈 수 없는 옛 기억이 떠올라 허허로운 웃음이 가슴을 치고 올라왔다.

'휴… 한때는 자식새끼들도, 한 이불 덮고 자는 서방도 있었는 데… 허허.'

그녀가 일찍 부모를 잃고 큰오빠 내외를 따라 고향을 떠나 서울로 올라온 것은 중학교 입학할 즈음이었다. 서울 생활은 뭔가를 채워줄 신세계로 생각했건만 넉넉하지 못한 생활은 오히려 그녀를 힘들게 했다.

그녀는 학창시절 공부를 꽤나 잘했으나 부모 대신 자신을 키워준 오빠 내외에게 부담이 되고 싶지 않아 상고를 고집하였다. 여상을 우수한 성적으로 졸업하고, 바로 구로공단의 유망한 중소기업체에 취직했다. 회사에 적응하여 재미를 붙이던 중 한 남자 사원을 알게 되었다. 나이 차이가 있긴 했으나 편안한 감정을 느끼게 해주는 상대였다. 그는 제주도에서 올라와 혼자 생활하고 있었다.

둘은 곧 사랑하는 사이가 되었다. 그녀는 남자를 아저씨라고 불렀다. 남자는 어린 그녀를 자상하게 보살펴주었다. 때로는 아버지처럼. 어느새 그녀에게 그 남자는 세상의 전부가 되었다.

동거를 시작한 그들은 이듬해 첫딸을 낳았다. 둘은 부지런히 생활했으며 실제 결혼식은 치르지 않았지만, 누가 봐도 금실 좋은 부부였다. 결혼식은 아이를 낳고 하자던 남자가 마침내 결혼식 날짜를 잡아왔다. 그러나 그때 그녀는 어느새 둘째 아이를 임신 중이었고, 둘은 둘째 아이를 낳고 결혼식을 올리기로 약속하였다. 하지만 정작 둘째를 낳고 생활에 쫓기다보니 그냥 잊고 지냈다.

어느 해였다. 유난히도 더운 여름이었다. 아이 둘의 손을 잡고 그들은 제주도로 가게 되었다. 남자의 본가를 찾아가게 된 것이다. 처음 타보는 비행기는 그녀를 흥분시켰다.

"여보, 나 비행기 처음 타봐."

"그래, 나도 당신과 함께 가니 기분이 좋네."

네 살 된 딸도 너무 좋아하는 것 같았다.

친정 오빠에게도 전화로 한참을 자랑했다.

"오빠, 오늘 나 제주 시댁에 가."

"그래 이놈아, 잘 놀다 와라."

"고마워."

오빠는 대견하다는 듯, 동생의 행복이 자기 일인 양 좋아해주었다. 제주시를 지나 시원하게 뚫린 길을 달려가는 버스 차창으로 끝없이 펼쳐지는 바다가 넘실거리고 있었다.

노랗게 열린 귤 밭도 보이고 시원한 바닷바람의 짠 냄새도 그녀를 행복에 취하게 했다. 남편의 부모님이 서울에 올라오셔서 몇 번 뵈었지만, 처음 가는 시댁이기에 그만큼 마음도 설렜다.

"여보, 나 얼굴 어때요?"

"얼굴은 왜?"

"아, 화장 좀 봐줘요!"

"걱정 마셔, 이쁘니까."

마침내 도착한 시댁에서 시부모님께 큰절을 올린 그녀는 드디어 완벽한 가족을 갖게 된 것 같아 눈물이 나왔다. 부모님은 손주를 안고 너무나 좋아하셨다.

"아이고메, 장군감이구만."

"마누라는 좋겠어, 기다리던 손주 놈이니…."

"좋다마다요, 영감도 좋아서 어제 한잠도 못 주무시드만?"

반가워하시는 시부모님의 환대에 그녀는 너무나 기뻤다.

"애야, 수고했다. 푹 쉬었다 가거라."

"예, 어머님."

시어머니는 손주의 볼을 연신 쓰다듬다가는 곧 들쳐 업으시더니 동네사람들에게 자랑하고 오신다며 밖으로 나가셨다.

시댁은 귤 농장을 하고 있었다. 바다가 한눈에 보이는 창문에 현대식으로 다시 지은 집은 그림엽서 같은 아담하고 예쁜 집이었다. 돌담 위에 앉아 있는 참새들도 그림 같았다. 아이들이 뛰놀기에 충분한 마당과 시원한 우물이 있고, 뒤뜰에는 옹기종기 항아리 단지들이 놓여 있는 큰 장독대가 있었다.

커다란 무화과나무가 시원한 그늘을 만들어내고 있었다.

식구들이라고 해야 부모님 두 분과 집안일을 봐주는 아주머니 한 분이 전부였다. 아주머니는 항상 고개를 숙이고 다녔다. 한번은 아주머니가 방 안을 돌아다니는 아들 녀석을 빤히 쳐다보다가 그녀와 눈이 마주치자 황급히 돌아서 부엌으로 뛰어가기도 했다.

二장 · 착한 귀신들

"여보, 저분은 누구세요?"

"어머님이 너무 연로하시니까 집안일도 도와주시고 말벗도 되고 그러셔."

"진작 그런 분이 계셨다고 했으면 저 분 것도 뭘 좀 챙겨가지고 왔잖아요."

"어이구 되었네 이 사람아. 어머니, 이 사람은 누구에게 뭐 하나 주지 못해서 안달이에요, 항상."

시어머니는 아들의 말에 그녀가 대견하다는 듯 빙그레 웃으셨다.

그녀는 혼자 사는 외로움을 너무 잘 알기에 그렇게 혼자 사는 여자를 보면 자신도 모르게 안된 마음이 들었다.

제주도의 푸른 밤은 그렇게 깊어갔다. 서울의 뿌연 하늘과는 달리 너무도 아름다웠다. 하늘의 별들과 우윳빛 은하수는 그녀를 행복감으로 이끌었다.


"어디 놀러 가세요?"

다음날, 아이들과 함께 유명한 관광지를 둘러보고 서귀포 해수욕장에 가기로 하고 피크닉 가방에 수영복을 챙기는데 아주머니가 물어왔다. 어머님은 건성으로 대답을 하시더니 서둘러 가족들 등을 밀어 잘 다녀오라 재촉하셨다.

생전 처음 보는 폭포며 말로만 듣던 용두암에서 아이들과 사진을 찍고는 회를 먹었다. 비릿한 바다 냄새와 머리를 휘감는 바닷바람이 너무나 익숙하고 정겨웠다. 남편의 고향이자 자신의 잃어버린 친정에 온 듯한 기분이었다.

"여보, 우리 이제 자주 내려와서 부모님들도 자주 뵈어요!"

"그렇게 좋아? 비행기 삯이며 생활비 운운하더니?"

"내가 잘못 생각했어요."

"그렇지? 잘못했지."

"어머님 아버님이 저리 좋아하실 줄 몰랐어요. 나도 너무 좋아요."

"그래 앞으론 자주 오자."

"참! 이따가 집에 가기 전에 여름 화장품이라도 하나 사서 아주머니 좀 드려야지. 어제는 어찌나 미안하던지."

"그 여자 건 뭐하러…"

"어머, 이이는. 우리 애들한테도 그렇고, 부모님 더 잘 모셔달라고 그러는 거지."

시큰둥해하는 남편을 뒤로한 채 기념품 가게에서 여름용 화장품을 사서 정성껏 포장해달라고 했다. 남편이 바다에서 한참을 놀던 아이들을 데리고 왔다. 남편은 피곤한지 돌아오는 택시 안에서 곯아떨어졌다.

집에 돌아오니 아주머니는 툇마루에 자리를 깔고 저녁식사 준비를 하고 있었다.

"어머! 아주머니 혼자서 힘드시겠어요. 제가 도와드릴게요."

그렇게 말하는 그녀를 빤히 바라보는 아주머니가 무척 예쁘다고 그녀는 생각했다. 아주머니는 마치 겁먹은 송아지처럼 커다란 눈망울을 이리저리 굴리며 어쩔 줄 몰라 했다.

"어여 와서 밥 먹자."

온 집안 식구들이 둘러앉아 고기를 굽고 상추와 깻잎을 싸 먹었다. 오이가 아삭아삭한 것이 싱싱했다.

"어머니, 이 고추장 맛이 정말 일품이네요."

"그래? 서울 올라갈 때 좀 싸서 가거라."

"정말요? 아이, 좋아라."

매번 남편이 왜 그렇게 찌개에 맛이 안 나냐더니 이제서야 이유를 알 것 같았다. 이런 장을 먹던 사람이니 아무것이나 입에 맞았을까 싶었다. 맛있게 먹던 양념 고추장이 떨어지자 남편이 말했다.

"여보, 여기 쌈장 다 먹었는데… 좀 떠오지그래?"

"알았어요."

작은 종지를 들고 뒤뜰로 가서 고추장 항아리를 확인한 그녀는 뚜껑을 들어올렸다. 그런데 뚜껑이 꿈쩍도 하지 않았다.

"이상하네."

한참 동안 뚜껑을 들어올리던 그녀는 어느새 이마에 송송 땀

안 열리는 고추장 항아리 뚜껑

방울이 맺혔다. 마치 항아리 안쪽에서 누가 잡아당기는 것마냥 항아리 뚜껑이 꿈쩍도 하지 않았다. 몇 번을 들어올리려다 실패한 그녀는 빈 종지를 들고 식구들에게로 돌아왔다.

"뭐야? 난 고추장 담가 오는 줄 알았네."

"이상해요, 여보. 항아리 뚜껑이 들어올려지질 않잖아요. 한참 애먹었네."

"에유, 에미 니가 너무 몸이 약해서 안 그러냐? 약 한 재 지어줘야겠구나."

"어머니는 항아리가 얼마나 무겁다고 보약이래요."

남편이 말했다.

"니가 가서 떠오련" 하고 시어머니가 아주머니에게 시켰다.

"네."

아주머니는 금세 새하얀 백자 종지에 온갖 양념을 해서 쌈장을 만들어 왔다. 고기 굽는 소리, 모깃불 타는 냄새, 아이들 웃음소리가 한데 뒤섞여 평화로운 제주의 밤이 또 하루 흐르고 있었다.

잠든 아이들을 무릎에 올려놓은 채 부채로 모기를 쫓아주는 어머님과 오래된 목침을 베고 초저녁잠이 든 아버님은 이따금 코까지 골며 주무시고 계셨다.

남편은 어린 시절 동네 친구들을 만나러 나갔다. 그녀는 마당 한구석에서 콩을 까고 있는 아주머니 곁으로 다가가 어머니 몰래 아까 낮에 준비한 화장품을 내놓으며 말했다.

"저… 아주머니, 그동안 저희 부모님 잘 보살펴주셔서 너무 고마워요. 이거 약소하지만 선물이에요. 애 아빠가 고른 거여요."

놀란 얼굴로 선물을 받아들곤, 포장된 리본을 한참을 만지작거리던 아주머니는 약간 목이 잠긴 목소리로 조용히 물었다.

"차… 참말로 그 냥반이… 날 갖다 주래요?"

"네, 아주머니. 우리 신랑 무뚝뚝한 것 같지만 실상은 자상해요. 마음도 여리고요."

"알아요… 착한 양반이에요."

"어머! 아주머니도 그럼 그전부터 우리 신랑을 알았어요? 호호호. 그렇겠네. 옛날부터 어머니랑 같이 계셨다고 했으니… 그럼 얘기 좀 해주세요. 우리 신랑 총각 시절에 여자 많았어요? 누가 첫사랑인지 아세요?"

그때 어머니가 부르셨다.

"애, 어멈아. 어여 가서 원준이랑 원선이 방에다 들여놓고 재워라. 모기에게 물릴라. 먼길 가려면 피곤할 텐데 너도 가서 눈 좀 붙이고."

"괜찮아요. 어머니. 이 아주머니하고 말벗하고 좋은데요."

"어서 들어가서 자. 애들 생각해야지. 그리고 애월댁도 자야 하고."

"예? 아 예 그러네요. 아주머니. 제 생각만 했네요. 주무세요."

아주머니는 말없이 화장품 상자를 쓰다듬고 또 쓰다듬고 있었다.

즐거운 휴가가 끝나고 서울로 올라오는 아침이었다. 이것저것 챙겨주던 어머님은 다시 한번 확인을 해보시더니

"얘야, 진짜 장 좀 가져가거라" 하셨다.

일하는 아주머니를 부르던 어머님은 "얘가 어디 간 거야" 하며 손수 장독대로 가려 했다. 그녀는 어머님을 말리고 자신이 고추장을 뜨러 갔다.

"으응? 또 그러네. 왜 안 열리지?"

낑낑대며 들어올려도 항아리 뚜껑은 꼼짝도 하지 않았다. 정말이지 안쪽에서 누군가가 잡아당기는 것 같았다. 온몸에 힘이 빠지고, 이젠 슬그머니 부아가 치밀어올랐다. 그녀는 고추장 항아리를 있는 힘껏 걷어찼다. 눈물이 쑥 나오도록 발가락이 아파 웅크리고 앉아 그녀는 꼼짝 않는 고추장 항아리를 노려보고 있었다.

"왜 그래요?"

언제 나타났는지 아주머니가 이상하다는 듯이 그 큰 눈으로 그녀를 바라보았다. 슬그머니 부끄러워진 그녀는 항아리 뚜껑이 열리지 않아 이런다며 투덜거렸다.

그런데 이게 웬일인가! 그토록 열리지 않던 항아리 뚜껑이 아주머니의 한손에 이끌려 스르륵 소리를 내며 너무도 손쉽게 열리

二장·착한 귀신들

는 것이 아닌가.

'세상에는 믿기지 않는 일이 많다더니 내가 꿈을 꾸고 있나?'

"아주머니, 이 항아리에다 잠금장치 해놓으셨어요?"

아주머니는 쳐다보지도 않으며 고추장을 담더니 "그냥 항아리인데" 했다. 이상한 일이었다.


점심을 먹고 남편과 함께 아이들 손을 잡고 집을 나서다, 뒤뜰에 널어놓은 신랑의 옷이 생각나 그녀는 다시 돌아 들어갔다. 걸어가면서 장독대를 바라보던 그녀는 흠칫 놀라 그 자리에 멈춰서버렸다.

순간이었지만 아까 그렇게 열리지 않던 고추장 항아리 뚜껑 위에 흰 한복을 입은 한 할머니가 쪼그리고 앉아 있는 게 보였다. 분명 웬 할머니가 앉아 있었다.

'분명히 봤는데… 어디로 간 거지?'

그녀는 정말 자신의 몸이 많이 약해진 모양이라고 생각했다.

'헛것을 다 보다니….'

돌아오는 비행기 안에서 남편에게 그 할머니 얘기를 해주니 남편은 껄껄 웃으며, 약 한 재 지어달라는 말을 아주 고단수의 수법을 써서 얘기한다고 놀리기만 했다.

"마누라는 내가 챙겨야지. 그래 알았어. 내가 좋은 것만 써서 약 해줄게."

남편의 한마디에 그저 웃어넘기고 말았다.


　추석이 얼마 남지 않아서였다. 작은아버님 막내아들의 경사가 있다고 한 번 더 내려왔으면 한다는 전화를 받았다. 한 해에 두 번이나 제주도를 간다는 것이 부담스러웠지만, 그래도 외아들로 자란 신랑이라 친척들과의 유대관계도 남달라서 가기로 마음먹었다.

　한가위가 다가오는 풍성한 가을날, 제주 시가는 여전히 아름다움을 간직한 채 아들부부를 맞아주었다. 잔치와 추석을 겸해서 새로 장만한 그녀의 고운 깨끼 한복은 눈이 부셨다. 그렇게 고운 옷차림으로 분주하게 오가는 그녀를 아주머니는 부러운 눈으로 쳐다보았다.

　잔치를 하루 앞둔 저녁이었다. 간만에 어머니가 해주시는 장떡이 먹고 싶다는 신랑 때문에 저녁 준비 먹거리로 장떡을 만들고 있었다. 마침 음식을 만들다가 장이 부족하여 아주머니가 뒤뜰로 나가려고 할 때였다.

　"애 아가, 네가 가서 장 좀 퍼오고 넌 이리 와서 이것 좀 같이 옮기자."

　뒤뜰로 나선 그녀는 어느새 차가워진 공기를 마시며 즐거운 마음으로 항아리 뚜껑을 들어올렸다. 그러나 뚜껑은 역시 누군가가 잡아당기는 듯 꼼짝을 하지 않았다. 지난 여름이 생각난 그녀는 덜컥 겁이 났다. 이상하지만 다시 한 번 들어올렸다.

한줄기 바람이 등 뒤를 스쳐 지나갔다. 손바닥으로 때리는 듯한 차가운 바람이었다. 서늘한 느낌에 항아리 뚜껑을 들어올리려다 그녀는 소스라치게 놀랐다.

"아아 악."

들고 있던 종지 그릇이 손에서 떨어져 날카로운 소리를 내며 산산이 깨졌다. 스산한 나뭇가지 그림자 사이로 분명 항아리 위에 얼굴 가득 주름진 매부리코 할머니가 보였다. 하얀 한복 차림으로 퀭한 표정을 하고 매섭고 쌀쌀한 눈빛으로 그녀를 쏘아보고 있었다.

"사, 사람… 살려…"

그녀는 그 자리에서 실신하고 말았다.


누군가 자기를 끌어당기는 느낌에 그녀는 간신히 눈을 떴다. 남편과 부모님이 자신을 걱정스런 눈빛으로 내려다보고 있었다. 남편의 얼굴을 보자 갑자기 울음이 왈칵 터져나왔다.

"괜찮으냐?"

"이제 괜찮니? 아픈 데는 없어? 넘어지면서 머리 안 다쳤나 모르겠다."

저마다 한마디씩 물었다. 자상한 남편의 손에 매달려 자신이 본 그 할머니 얘기를 식구들에게 했다. 모두들 믿기지 않는 얼굴로 멀뚱멀뚱 서로 쳐다볼 뿐이었다. 자신이 너무 호들갑을 떨고 있는 것이 아닌가 하는 생각이 슬그머니 들었다.

'내가 또 헛것을 본걸까?'

그러나 허공을 주시하던 그녀는 다시 날카로운 비명을 지르고 말았다.

그녀는 무엇인가를 분명 보고 있는 듯, 손을 허우적거리며 머리를 남편 품에 파묻고는 계속해서 비명을 질러댔다. 눈동자가 하얗게 변해버리고 공포에 질린 얼굴은 무섭게 일그러지고 있었다.

"무서워. 저리 가! 무섭다구… 으으 이 할망구가… 아아악."

괜찮다고 진정시키는 식구들도 그녀의 힘을 당해낼 수 없었다. 그러던 그녀도 새벽녘이 되어서야 조금은 진정이 된 듯 간신히 잠이 들었다.


날이 새자마자 시어머니는 부리나케 어디론가 나가더니 정오가 되어서야 머리를 쪽 찐 할머니 한 분을 모시고 들어왔다. 그동안 그녀의 발작은 더 심해져서 보건소에서 급히 연락을 받고 젊은 의사가 왔었지만, 그저 진정제와 수면제를 처방할 수 있었을 뿐이었다. 시어머니와 같이 들어선 할머니는 집 안을 한 번 휘 둘러보더니 침을 퉤 하고 뱉었다.

항아리는 장독대에 있다고 아주머니가 작은 목소리로 일러주었다. 뒤뜰에 다녀온 할머니가 혀를 차기 시작했다.

　　　　　　　　　　二장·착한 귀신들

"쯧쯧… 할머니가 노했어, 왜 성나게 굴어?"

어리둥절한 식구들은 할머니의 이상한 행동을 지켜보았다.

남편은 어머니의 옷소매를 끌어당기며 물었다.

"누구예요? 무슨 일이에요? 왜 어머니까지… 이러세요."

"그게 아니다, 이놈아. 저 양반은 신이 들린 용한 분이여… 에미는 약 써서 나을 병이 아닌 게야."

담배를 발로 비벼 끄며 화를 내던 남편은 무당의 한마디에 흠칫 놀랐다.

"저 여자 이 집 메누리유? 아니지?"

"우리 새… 애기예요…."

시어머니는 마루에 걸터앉아 바닥을 손으로 쓰윽 한번 닦으며 한숨을 내쉬었다.

"댁의 할머니가 노했어…."

대뜸 내뱉는 말에 놀란 남편이 잠시 뒤 어디론가 전화를 걸었다. 흥정을 하는 듯하고 무엇인가 적고 있는 듯했다.

"선생님, 그럼 제가 예약하고 마중 나갈게요."

또 누가 온다는 얘기였다.

남편은 아내에게 다가서며 혼잣말처럼 말했다.

"서초동 김 선생님이 내려오신대."


다음날 정오가 지나자 공항에 마중 나갔던 남편이 돌아왔다.

한 남자가 차에서 내리고 뒤따라 내린 동행한 한 여자는 동행인 것 같았다. 남자는 청바지 차림에 흰 티셔츠를 속에 입고 가벼운 자켓을 걸쳐 입었다. 머리는 짧게 깎은 모양이 조폭 같기도 하고 운동선수 같기도 한 남자를 남편은 '김 선생님'이라고 불렀다.

점심을 간단히 먹고 김 선생은 한복으로 갈아입었다. 장독대에 상이 차려졌다. 그 사이 남편이 준비한 떡시루가 올라가고 과일과 나물, 공양 밥과 부침 등이 차려졌다.

안마당에는 돼지고기가 덩어리째 올려져 있고, 쌀 한 자루가 통째로 놓였다. 쌀자루 위에는 무당들이 사용하는 큰칼이 세워져 있었다. 상을 다 차리고 김 선생은 장독대에 줄을 띄우고 글이 쓰여진 한지를 매달았다.


"在玉清天中兼 逐鬼逐邪 太上遣 第一 都總素車白馬神將"
재옥청천중겸 축귀축사 태상견 제일도총소거백마신장


뭔지 모르게 엄숙한 느낌이 들었다.

짧은 머리의 김 선생이라는 사람은 그래도 무당은 영 아닌 것 같았다. 뭐든 대충대충하는 것 같은 그의 표정에서는 심각함은 찾아볼 수 없었다. 장난삼아 하는 것 같을 정도였다.

심각해 있는 시어머니를 붙잡고 "아주머니, 이런 디서 사셔서 좋으시것어유…"라며 충청도 사투리로 말을 시키기도 하고, "제주

二장·착한 귀신들

도 말 좀 하나만 가르쳐줘유…" 어쩌고 하였다.

그가 곧 한복을 차려입고 북과 징을 앞에 두고 머리에는 흰 고 깔을 쓰고 장독대 굿상 앞에 앉았다. 오른손에 북채를, 왼손엔 징 채를 들었다. 요란한 소리를 내며 북과 징이 울린다. 멈추면 경문 을 하고. 경이 다하면 요란한 소리를 내며 한 시간이 넘도록 장독 대에 앉아 있었다.

남편과 시어머니는 연신 절을 하고. 그녀는 대청에 누워 있었 다. 시아버지는 보이지 않았다. 애월댁과 김 선생과 동행한 여자 는 무엇인가를 준비하느라 이리저리 오가고 있었다.

김 선생의 경문소리가 북과 징소리에 섞여 요란스러웠다. 김 선 생은 다시 자리를 옮겨 주방에 앉았다. 여전히 '조왕대신…' 운운 하는 경문을 읊었다.

주방이 끝나자 안방으로 자리를 옮겼다. 이미 해는 기울어 저 녁이 되었고. 마당으로 나올 때는 밤이 깊어가고 있었다.

김 선생은 경을 하고 동행한 만신이 신장대를 잡았다. 한참 만 에 신장대가 움직였다. 만신은 신장대를 따라 집을 한 바퀴 돌았 다. 장독대에 도착해서 할머니를 모셔오는 것 같았다.

시어머니가 연신 손바닥을 비벼댔다. 남편은 약간 겁에 질린 표 정이었다. 신장대가 다시 마당으로 나왔다. 만신이 입을 열기 시 작했다. '정옥이'를 가리켜 첩이란다. 첩년이 자기 살림 만지는 것 이 기분 나쁘단다.

정신이 아득해지던 그녀는 또렷하게 들려오는 '첩'이란 소리를 듣고 가슴이 방망이질을 해대듯 쿵쿵거렸다.

"처, 첩이라뇨? 그게 무슨… 말씀이에요?"

간신히 몸을 일으켜 세우는 그녀를 보며 무당은 큰소리로 떠들어댄다.

"네 이년, 여기가 어디라고 내 집에 와서 니년 먹거리를 챙기느냐?"

모두들 말이 없다. 잠바를 집어들고 남편은 휑하니 나가버린다.

시어머니는 털썩 땅에 주저앉아버리고 망연히 허공만 바라보고 있다. 애월댁 아주머니는 얼굴을 감싸고 엉엉 울어댄다. 지나칠 정도로 소리 내어 운다. 그동안의 설움이 폭발한 듯하다. 너무나 이상한 상황들이다.

"이봐요, 보살님. 그 그게 무슨 말이에요? 나요, 비록 결혼식은 안 했어도, 애두 둘이나 낳았어요. 뭐라고 말 좀 하세요, 어머니!"

악을 쓰면서 울어대는 그녀에게 무당이 비웃듯이 말한다.

"아들만 낳으면 뭘햐? 넌 내 손이 아니다. 조상 몰래 한 건 머리를 올린 게 아냐."

"나가요, 이 엉터리! 그 할망구 귀신은 당신이 보낸 거지? 내가 왜 첩이야, 왜?"

그녀의 항의에도 오히려 무당의 입을 빌린 할머니는 더 큰소리로 호통을 쳤다.

"내 집에서 나가거라. 지금 당장 나가야 할 것이야!"

소리를 질러대는 그녀를 붙잡고 시어머니가 같이 울었다. 그러다가 한숨을 푹 쉬며, 돌아가신 양반 편안케 해드리겠노라 약속을 했다.

무당이 침을 퉤 하고 뱉었다. 굿은 끝났다.

"에미야… 다 내 잘못이다. 우리 성수, 너 만나기 전에 저애랑 같이 살았었다."

어머니가 가리킨 사람은 늘 그녀를 부러운 듯 쳐다보던 애월댁이었다.

"무슨 말씀이에요 어머니? 저 아줌마는… 저 아줌마는…."

"저애랑 같이 살림을 내보냈구, 둘은 사이도 좋았었다. 그런데 식 올린 지 몇 해가 지나도 애가 생기질 않더구나. 너두 알다시피 손이 귀한 집에서 대를 이어야 하는데, 저애가 애기집에 이상이 있다는 것을 알고 내가 억지로 떼어놓았다."

가슴을 치면서 꺽꺽거리며 말을 하던 어머니가 한숨을 쉬었다. 분명 꿈이라고, 어머니가 지어낸 말이라고 울부짖는 그녀를 못 본 체, 시아버지는 끙 소리를 내며 방으로 들어가버렸다.

"어머니, 제가 뭘 잘못했다고 이러세요? 지금 거짓말하시는 거죠? 말씀 좀 해보세요, 엉엉엉."

"그때 모질게 저애를 보냈어야 했는데…. 딴살림 차려주려는데 저애가 우리랑 살겠다고 해서 불쌍해서 끼고 있던 거였는데… 에미야, 지금 애비는 너하고 새끼들밖에 몰라. 에미야, 내가 망령이 나서 그랬으니 날 용서하고… 우리 성수….”

어머니의 애달픈 호소는 하나도 들리지 않았다.


이상한 집 안 분위기를 눈치챈 아이들은 보채다가 엄마 곁에 가지도 못하고 할머니 치맛자락만 잡은 채 서성이고 있었다. 잠이 오려는지 원준이가 칭얼거리기 시작했다.

“이리 와, 아가야 아줌마가 재워줄게….”

문밖에서 애월댁이 원준이를 안으며 말하는 소리가 들렸다. 손하나 까딱할 힘도 없던 그녀는 벌떡 일어나 방문을 세차게 열고 소리쳤다.

“놔둬. 우리 애한테 손끝 하나 대지 마. 우리 애야. 놔. 원준아, 원선아 너희들 이리 와.”

아이들을 거세게 빼앗듯 끌어안은 그녀가 순간 휘청였다. 엄마의 낯선 행동에 겁을 먹은 아이들이 울어대기 시작했다. 어쩔 줄 몰라 하던 애월댁은 고개를 숙인 채 큰 눈에 눈물을 글썽이며 돌아섰다.

남편은 자정이 지나 술에 취한 채 나타났다. 몸도 제대로 가누지 못하면서 그녀 앞에 무릎을 꿇고는 미안하다고만 했다.

“푸… 미안하다…. 너 만나기 전에 나 그래, 애선이랑 같이 살

왔다. 푸후… 내가… 서울 가도 안 변하면 다시 애선이랑 살게 될 줄 알았는데 그런데 널 만나서… 미안하다. 정말 미안해. 정옥아… 미안해. 용서해."

그녀의 입에서 모진 말들이 튀어나왔다.

"나를… 잘 봐. 날 네 애만 낳아달라고 데려왔니? 애가 그렇게 필요했어? 그럼 차라리 입양을 하지. 오라, 그래서 출장도 자주 다녔니? 나쁜 자식. 넌 나를, 아니 두 여자를 망쳐놨어. 나 어떡해… 이제 어떡하냐구!"

악을 쓰며 베개를 그에게 집어던지고는 그녀는 또 정신이 가물가물해지는 것을 느꼈다.


다음날.

"얘, 아가야. 에미야… 너 그 몸으로 어델 가려고 그러니. 그러지 말아라."

말리는 시어머니를 뿌리친 채 그녀는 부득부득 짐을 챙겼다. 그녀는 천천히 뒤뜰로 가서 장독대를 바라보았다. 갑자기 서러운 생각에 눈물이 왈칵 쏟아졌다. 고추장 항아리를 바라보며 그녀는 중얼거리듯 말했다.

"나…두 나두, 피해자예요. 왜 나만 가지고 그래요? 난 어떻게 하라구…."

한참을 울던 그녀는 가방을 집어들고 문을 나섰다. 어머니의 흐느끼는 소리와 아버지의 헛기침 소리도 모두 거짓으로 들렸다.


이 여사가 김 선생에게 전화를 한다.

"여보세요."

"저, 이정옥이에요."

"아, 이 여사님, 아니 첩 님."

아직도 김 선생은 하나도 달라진 것 없이 농담으로 받는다.

이정옥은 그런 김 선생이 편하다.

"피자 드시러 오세요."

"에고, 저번에 먹은 피자가 체해서 아직 안 내려갔는디유…."

"그럼, 커피요."

"그건 그렇고, 아저씨는 가끔 와요?"

"그 인간 코빼기도 안 본 지 오래여요."

"바쁜가보지 뭐… 이해하세요."

"이제는 그러려니 해요."

"애들은 잘 있대요?"

"할머니하고 큰엄마가 끔찍이 위하나봐요."

"방학이 언제여? 어 얼마 안 남았네요… 에고 방학 때만 본처인 우리 첩 님… 금방 갈게 기다려유."

辛 壬 丙 戊
丑 午 辰 戌

위 사주는 임수壬水일간이 진월辰月에 낳고 무토戊土본기에 사령司令하고 년간에 투간透干하니 편관격偏官格이다. 편관격은 식신食神을 상신相神으로 삼아야 살직殺織에 종사할 자격조건을 갖추고, 편재로 구신求神을 삼아야 희생정신을 발휘하여 칭송을 얻는다. 그러나 상신이 되는 식신이 없으므로 자격조건을 갖추지 못하였고, 구신은 있으므로 희생은 해야 한다.

# 3

# 애동제자

'오늘은 가슴이 아프지 말아야 할 텐데… 울지도 말아야지. 지 팔자가 사나워서 무당 되는 것이지며…'

나는 혼자 중얼거리며, 평창동 고급 주택가를 지나서 삼각산으로 접어들었다. 아침이슬이 채 마르지 않아서인지 꽃들이 아름답고 산은 무성해 보인다.

굿당으로 올라가는 길은 언제나 구불구불 울퉁불퉁하다. 더위가 시작되는지 등에선 땀까지 흐른다. 길가 산딸기를 한 움큼 따 먹고 싶었지만, 박 보살의 매서운 눈초리가 생각나서 바라만 보다 그만두었다.

나는 매번 일찍 간다고 가는데 박 보살은 늦었다고 항시 타박한다. 내림굿은 정말 힘이 든다. 불쌍해서 같이들 울면서 하곤 한다. 창살 없는 감옥살이의 서막인 것을 신들은 알까? 원망스럽기도 하다. 아마 신들은 즐기고 있는지도 모르겠다.

二장·착한 귀신들

굿당에 들자, 반갑게 인사해오는 사람이 있다. 이곳의 공양주와 심부름꾼이다. 다른 곳에 가지 말고 이곳만 오라는 뜻일 게다.

박 보살은 새벽부터 왔는가보았다. 상차림을 마치고 담소를 나누고 있었다. 옆방에서 한복으로 갈아입고, 굿 방으로 들어갔다.

제단에는 푸짐한 차림의 음식들이 즐비하다. 벽에는 무당의 신복이 맵시를 자랑하건만, 무당 박 보살은 오늘도 무섭게 굴었다. 나보다 2살이 많은 박 보살은 어릴 적부터 무당이었다. 지가 창신동에서 제일 잘나간다나, 어쩐다나….

제가 집에서는 3명이 오신 듯했다. 노인은 친정엄마일 것이고, 웅크리고 앉아 있는 남자는 남편일 것이다. 겁에 질려 있는 얼굴로 벌떡 일어나 인사하는 여자가 오늘의 주인공이다.

다부진 인상이니 오늘 일은 잘 풀릴 것 같은 생각이 든다.


경을 하기 전에 박 보살의 배려로 인삼즙을 마셨다. 꿀 탄 인삼즙은 박 보살의 특허품이다. 심부름하는 아저씨가 북과 꽹매기(꽹과리)를 가져다놓고, 애동제자가 절을 하기 시작했다.

남편은 못마땅한 듯 얼굴을 숙이고 있다. 친정엄마는 법사님 잘 부탁한다며, 나에게 넙죽 절을 한다. 북채와 꽹매기채를 잡고 내 일을 시작했다.

"태상~이 가라사대, 황천생아 황지재아…."

보신경을 하고, 육주를 하고, 부정을 치고, 산신을 청하고, 신장을 청하고 ….

어느새 점심시간. 다시 밥을 먹고 또 시작. 저녁이 되어 봄빛이 사그라들 즈음에 내 경소리가 끝났다. 저녁을 먹고 밤이 되면 무당의 접신 순서다. 오늘의 주인공이 신장대를 잡고 신내림을 하게 된다.

담배를 한 대 물고 밖으로 나오니 마당에서 공양주는 작두칼을 갈고 있고, 심부름 아저씨는 작두 타는 제단을 준비하고 있었다. 못마땅한 표정이던 남편은 보이지 않았다. 아마 어디서 울고 있으리라.

한차례 박 보살의 멋진 춤이 끝나고, 주인공 차례가 왔다. 이쁜 얼굴만큼 그는 춤도 잘 춘다. 애동제자는 신장대를 잡고, 난 강림경을 시작했다.

천지조화는 천존대왕, 옥황제는 복명사자… 가솔신장 영솔하고 이 도당으로 내려 강림하실 적에, 금일 제자는 ○생에 ○씨 제사… 어쩌구저쩌구… 쿵다닥 쿵닥….

애동제자의 신장대가 떨기 시작했고, 그의 눈에서 눈물이 흐르기 시작했다. 바라는 때를 만난 듯 박자를 맞추고, 피리는 구성진 소릴 내기 시작했다.

二장·착한 귀신들

무진년 3월은 그가 조상께 시집가는 날이 되었다.

애동제자는 처녀 적에 간호사를 했단다. 시집가서 아이 둘을 낳고 살았는데, 남편의 폭력에 집을 나왔단다. 그리고 지금의 남자를 만나 살고 있지만, 이혼은 하지 않고 왕래 정도는 하나보았다.

밖에서 만난 남자는 지금도 지극정성으로 애동제자를 곁에서 도와주고 있다. 남편은 일없이 놀고 있기 때문에 생활비를 대주나보다. 그러니 2명의 사내를 거느린 생활을 하고 있는 것이다.

남자와 사업을 할 적에 신의 교감을 많이 느껴 내림을 받게 되었단다. 모든 일상생활을 신이 가르쳐주었다고 한다. 무슨 신인줄은 모르지만, 사고가 나면 그 처리 방법까지 일러주었단다.

내림의 결과, 애동제자가 주장하는 신은 남자의 조부와 어릴적 죽은 애동제자의 언니였다. 언니가 선녀로 왔다고 해서 애동제자의 이름도 선녀보살로 정했단다. 그는 지금 무녀생활을 착실히 하고 있다. 박 보살이 인삼즙이 특기라면, 그는 작두타기가 특기이다.

| 庚 | 乙 | 庚 | 癸 |
|---|---|---|---|
| 辰 | 卯 | 申 | 巳 |

위 사주는 을목乙木이 신월申月에 출생하고 경금庚金이 투간하니 정관격正官格이다. 정관격은 상신相神이 되는 정재正財가 있어야 조직이 구성되며, 구신求神이 정인正印이 있어야 공공업무를 담당한다. 위의 인물은 시지時支에 상신이 있으니 조직을 구성할 것이나 정인구신正印求神이 없으므로 사조직을 구축할 것이다. 많은 신도를 거느릴 대무당의 자질을 지니고 있다.

# 대천 해수욕장

을해년 7월.

칠갑산을 넘어 내려가는 오토바이에는 세 사람이 타고 있었다. 내리쬐는 뙤약볕과 아스팔트의 열기는 얼굴색을 바꿔버릴 정도로 달아올라 있었다. 그 열기 속에서 대천 해수욕장이 멀지 않았다고 여겨 속력을 높여가는 운전자에게 마주 오는 트럭은 보이지 않았다. 산을 내려오는 굽잇길이 너무 위험하다고 느꼈을 때쯤, 오토바이는 마주 오던 트럭과 정면으로 충돌했다.

여자 한 명에 남자 둘! 10대였던 젊은 청춘은 모두 사망하고 말았다. 그들 3명 중 여진이라는 이름의 여자애가 이 이야기의 주인공이다. 사춘기라는 미명 아래 엄마 속을 무던히도 썩이더니, 이제는 더 이상 볼 수 없는 곳으로 가버렸다.

여진이는 친구들과 피서를 가기로 한 약속을 깨고 남자 친구와 오토바이 여행을 떠나기로 마음먹었다. 아침 일찍 만나 함께 간식거리를 사러 슈퍼에 들렀던 남자 친구는 우연히 그곳에서 친구를 만났다.

"야, 너 여기 웬일이냐?"

"나, 우유 사러 왔어. 니들은 어디 가냐?"

"응, 우리 대천 해수욕장 가려고."

"좋겠다, 임마. 난 이게 머냐, 우유나 사러 다니고."

"그럼 너도 같이 가자."

여진이 남자 친구가 같이 가자고 말을 건넸고, 친구는 잠시 망설이더니 우유를 아이스크림으로 바꾸어서는 오토바이에 올랐다. 우유를 기다리고 있는 어린 아내와 백일도 안 된 아들을 버려두고 그렇게 친구를 따라나섰던 철없는 남편은 함께 불귀의 객이 되었다.

오토바이 사고로 사망한 여진이는 일주일 후 친구의 꿈에 나타났다. 친구의 꿈에 나타난 여진이는 피서복 차림이었다. 친구하고 피서 가기로 한 약속을 못 지켜서 돌아왔다고 했다. 미안해서 가다 말고 다시 돌아왔다는 것이다.

여진이는 친구의 짐을 꼼꼼히 챙겨주며, 같이 가자고 했다. 여진이의 정성에 친구는 고맙다고 인사까지 했다. 친구는 가방을 챙기고 여진이를 따라나섰다.

　아침에 일어난 친구는 간밤의 꿈을 엄마에게 말했다. 엄마는 쓸데없는 소릴 한다며, 한참 입시준비에 바쁜 딸을 나무랐다. 곱게 싼 도시락을 가방에 넣어주며, 엄마는 도서관에 빨리 갈 것을 재촉했다. 책가방을 메고 골목길을 벗어날 때쯤, 우유배달 오토바이가 그를 덮쳤다.

　오토바이에 치여 옆 담벼락에 정통으로 부딪친 그는 끝내 깨어나지 못했다. 여진이는 친구를 데려간 것이다. 그들 4명은 대천 해수욕장을 향해 가고 있는 중일 것이다.

辛 辛 乙 戊
卯 未 卯 午

위 사주는 신금辛金 일간이 묘월卯月에 낳고 을목乙木이 투간透干되니 편재격偏財格이다. 일간日干이 매우 신약身弱하여 억부용신抑扶用神이 시급하다. 혹 발수식신癸水食神을 만나면 극설교가極洩交加가 되고, 병정화丙丁火를 만나면 살중신경殺重身輕이 되니 위험하다. 억부용신은 임수壬水로 보호하고 경금庚金에 의지하여야 한다. 원국에 둘 다 없으니 위험에 노출된 운명이다.

대천 해수욕장에서 한참 굿판이 벌어졌다. 법사의 구슬픈 경문소리가 여진이 엄마의 눈물을 뽑아냈다. 여진이의 영혼이 더 이상 떠돌지 말고 안정하라는 굿판이다. 엄마의 꿈에 나타난 여진이는 서해바다에 안정을 요구했다.

세월이 흘러도 그는 딸을 생각하면 눈물부터 보였다. 그는 한 남자와 사랑을 했다. 남자는 자식 셋을 둔 상처한 홀애비였다. 그의 나이 22살에 신혼이 시작되었다. 사랑이 모든 것을 해결해줄 줄 알았던 그는, 누명 쓴 죄인처럼 계모의 역활을 해나갔다. 그 사이에서 낳았던 여진이었다.


주변에 아무도 자신의 마음을 알아주는 이가 없다고 세상을 원망했다. 나이 든 남편은 자신을 정신병자 취급했다. 그는 실제로 이상스런 행동을 일삼았다.

머리가 아프다고 정기적으로 병원을 찾아 모든 검사를 다했다. 암에 걸린 것 같다고 수시로 검진을 받았다. 의사가 아픈 곳이 없다고 하면 아무것도 모르는 의사라며, 다른 병원을 찾았다.

밤만 되면 누가 쫓아온다고 성화였다. 남편과의 불화는 이루 말할 수 없이 심해졌다. 그의 남편은 집을 나갔다. 전처의 아들 집으로 간 것이다.

홀로 된 그는 지금 무슨 생각을 하고 있을까?

# 5

# 네 할아버지는 죽어서도 빨갱이인가

계유년 가을!

진영이는 간밤의 꿈을 생각해보았다. 자신이 생각하기에 너무나 엉뚱한 꿈이었다. 어렴풋이 생각나는 할아버지에 대한 얘기는 기억하고 있었지만, 자신의 꿈속에 등장하리라고는 상상도 못했다.

아버지에게 꿈에서 할아버지를 보았다고 얘기를 해드렸다. 이야기를 들려주자, 무엇을 알고 있기라도 하다는 듯이 아버지가 고개를 끄덕이셨다.

진영이 할아버지는 사회주의자셨다. 6·25 이후 생사를 확인할 길은 없었지만, 가족들은 월북했으리라 짐작했다. 꿈에 나타난 할아버지는 팔에 빨간 완장을 두르고 있었다.

꿈 이야기를 다 듣고 난 아버지는 한숨을 토해내셨다.

"네 할아버지는 돌아가셔도 빨갱이인가보다."

진영이는 외교관이 꿈이었다.

그의 아버지가 할아버지의 전력 때문에 못 이룬 꿈이기도 했다. 그런데 대학에 들어간 진영이가 달라지기 시작했다. 어느 날부터 학생운동에 열심이기 시작한 것이다. 아니 학생운동이 아닌 사회주의 운동이라고 해야 할 것 같다.


정축년 겨울이다.

지리산 상무주에 오르기로 하고, 이른 새벽에 입구에 도착했다. 잔뜩이나 흐린 날씨였지만 눈은 내리지 않아 다행이었다. 오랜만에 들어가는 지리산이었다. 새벽 산행이라선지 등산객은 나 혼자뿐이었다. 절반의 길은 차로 올라갈 수 있지만, 나머지 길은 지프 차로만 가능하니 걸어서 갈 수밖에 없다.

"아니야, 내 차로도 어느 정도는 갈 수 있을 거야."

나는 혼자 중얼거리며 다시 차에 올랐다.

가파른 길이 나오면 걷기로 맘을 먹고, 갈 때까진 가보자는 생각이었다. 그때 어둠 속에서 목소리 하나가 들려왔다.

"아저씨 어디까지 가세요?"

이런, 새벽에 웬 아가씨람!

그때 진영이의 옷차림은 등산복도 아니었다.

"상무주 갑니다."

"그럼, 저도 태워주세요."

우리는 1백 미터도 못 가서 서야만 했다.

다음에 차를 사면 지프 차를 사기로 상무주를 걸고 맹세를 하고 차에서 내려 걸었다.

"아가씨는 이 새벽에 혼자 올라가기 무섭지 않아요?"

"전 할아버지가 지켜줘서 무섭지 않아요."

처음에 나는 '할아버지가 지켜준다'는 그 말에 무당인 줄 알았다.


상무주 드는 길에 만난 것이 처음이자 마지막이었다. 인사를 하고 돌아서는 그녀의 모습 뒤로, 할아버지가 보였다. 아마도 그는 손녀를 계속 따를 모양이었다.

이제는 집을 나와서 활동하고 있다던 그녀, 진영이가 집으로 돌아가 가족과 함께 지내길 빌어본다.

癸 癸 甲 癸
丑 酉 寅 丑

위 사주는 계수癸水가 인월寅月에 낳고 갑목甲木이 투간透干되니 상관격傷官格이다. 상관격은 정인正印으로 상신相神을 삼아야 역지사지易地思之하는 마음을 내어 타인의 상처를 치유하기 위한 자격조건을 갖춘다. 겁재劫財를 구신求神으로 삼아야 자신의 실력을 꾸준히 발전시켜서 명장名匠이 된다. 위의 인물은 구응救應을 갖추지 못한 인물로 살아가게 된다.

# 6

# 자전거

정분이는 예산에서 태어났다.

뜰이 넓고 산들이 옹기종기 모여 앉아 바둑을 두고 있는 모양 새를 하고 있는 동네다. 사람들은 예산 뜰을 바라보며, 넓은 바 둑판에 선비들이 모여 앉아 바둑을 두는 것 같다는 표현을 쓰곤 했다.

정분이의 여고시절은 아름다웠다. 얼굴 또한 예쁘기 그지없 었다. 자그마한 얼굴이 앙증맞은 인형 같다고 해서, 친구들은 '돌doll'이란 별명을 붙여주었다.

2학년 여름이다. 버스에서 내려 집에 가는데, 갑자기 소나기가 내리기 시작했다. 두 갈래로 따내린 머리가 젖고, 하얀 교복 상의 가 젖어들어갔다.

집까지 가기엔 아직 한참이기에 무작정 달렸다. 등을 흠뻑 적 신 빗물은 치마를 적시고 속까지 파고들었다. 그때 저만치서 자전거를 세워놓고, 정분이가 뛰어오는 것을 지켜보고 있는 이가 있었다.

"오빠, 왜 안 가고 서 있어 비 오는데…."

"너 오길래 보고 있었다."

"옷이 다 젖어서."

"나도 마찬가지야."

둘이는 마주 보고 웃었다.

온몸이 흠씬 젖은 정분이는 부끄러운 듯 가방으로 가슴을 가렸다. 이제는 더 많은 비가 온들 급할 게 없었다. 둘은 넓은 들 한 가운데를 가로질러 나란히 걸어갔다. 간혹 가다 남자가 짓궂은 말을 했는지, 여자가 부끄러운 듯 몸을 감추려고 애쓰는 모습도 보였다.


경규는 고등학교를 졸업하고 농협에 취직을 했다. 정분이가 빨리 졸업하기만을 기다리면 된다. 졸업하면 결혼하기로 둘이는 약속을 했다. 두 사람이 좋아하는 모습을 보아온 부모님들도 허락을 했다.

둘이는 매일 저녁 만났다. 먼저 퇴근하는 경규는 항시 자전거를 끌고 버스 정류장에서 정분이를 기다렸다.

"정분아, 이제 너 기다리는 것도 몇 달 안 남았다."

"응, 그래 오빠."

"빨리 타, 배고프다."

경규는 자전거 뒷좌석에 정분이를 태우고 신나게 달려서 집으로 간다.

"장모님, 정분이 데려왔습니다."

"아이구, 그새 장모님인가…."

"몇 달 안 남았는데요 멀…."

"그래도 그렇지, 여하튼 저녁 먹고 가."

"네."

저녁을 먹고 한참이 되어도 경규는 자기 집으로 갈 생각을 안 했다. 미적거리며 시간을 때우고 있었다.

"자네, 집에 가서 자야지 않나. 낼 출근하려면."

"그래, 오빠 집에 가서 자… 피곤할 텐데…."

경규가 모녀의 재촉에 엉뚱한 대답을 했다.

"제가 가서 라면 사올까요?"

"라면은 왜? 배고픈거?"

"네, 출출한데요."

"그려 그럼, 라면 끓여 먹고 가."

밤참까지 챙겨 먹은 경규는 그제서야 일어섰다.

그러고도 마루에 나와서 정분이를 불러내어 한참을 얘기하다 가 헤어졌다.

"오빠, 잘 가."

"그래, 정분아 낼 보자."

둘 사이를 시기나 하듯, 동네 개들이 컹컹거리고 짖어댔다.


병진년 가을!

신랑과 신부가 예식장에 들어섰다. 동네 사람들이 이구동성으로 "어린 색시가 예쁘기도 해라"라며 칭찬을 했다. 친구들은 "경규 짜식, 힝재(횡재)했다"며 부러워했다.

하객 모두가 농사꾼이라 까맣게 탄 얼굴들이 특히나 가물었던 한해를 말해주고 있었다.


정분이는 임신을 했다. 경규는 3대 독자인 자신을 생각할 때, 아들 셋만 낳으면 너무 좋겠다는 생각을 했다.

"오빠… 나 아들 낳을수 있을까?"

"아무려면 어때, 난 딸도 상관없어."

은근히 아들이길 바라는 경규였지만, 그렇게 말했다. 하지만 마음속으론 아들이길 진심으로 바라고 있었다.

"오빠는…. 어머니가 아들 낳아야 된다고 했단 말이야."

"으른은 다 그렇게 말하는 거야."

"그래도 아들을 꼭 낳아야 될 텐데…."

정분이는 은근히 걱정인가보았다. 남편은 이쁜 아내를 가슴에 안고 등을 쓸어주었다.

"정분아, 내가 사랑하는 줄 알지?"

"응, 오빠."

"그러면 아들이든 딸이든 상관없는 거야."

"고마워, 오빠."

"오빠, 눈 오나봐…."

"그런가보다. 어서 자자."


정분이는 꿈을 꾸었다.

남편과 친정엘 갔다. 어릴 적 남편과 썰매 타던 생각이 나서 냇가로 갔다. 그곳에서 아이들과 같이 썰매를 탔다. 정분이는 썰매를 신나게 타다가 넘어지고 말았다. 얼음이 깨지면서 한쪽 발이 물에 빠지기까지 했다. 동네 아이들이 "메기 잡았네, 메기 잡았네" 하면서 놀려댔다.

늦은 아침이 되어서야 정분이는 일어났다.

남편은 벌써 일어나서 눈을 치우고 있었다.

"오빠, 눈 많이 왔네…."

"응, 너무 많이 왔다야."

"나도 눈 치워야지."

"아니야, 넌 그냥 방에 있어."

"오빠는…. 나도 할 거야."

정분이는 빗자루를 들고 눈을 치우기 시작했다. 남편은 넉가래로 쌓인 눈을 밀어냈다. 처마엔 고드름이 주렁주렁 매달려 있었다.

정분이는 장독대의 눈을 치우기 위해 빗자루를 들고 걸어갔다. 조금 가던 정분이가 비명소리를 내며 넘어졌다. 넘어진 자리에는 비료 포대가 있었다. 미끄러운 비료 포대가 눈 밑에 있었는데, 그걸 몰랐던 것이다.

"정분아! 괜찮어?"

"오빠, 나 아퍼."

정분이는 일어나지 못하고 고통을 호소했다. 방에 있던 어머니가 황급히 달려나왔다.

"아이고, 어쩐다냐. 애까지 가진 사람이 웬 눈을 쓴다고 난리라냐…"

"어머니, 다리만 삐었나봐요. 괜찮아요."

"여러 소리 말고 방으로 들어가자."


정분이는 유산을 하였다.

경규는 아내의 마음을 풀어주기 위해 달래고 또 달래보았지만, 정분이는 울기만 하였다.

"이왕 이렇게 된 거 어쩌것냐."

"그래도 오빠, 아들이었는데."

"니가 아들인지 어찌 아냐?"

"아들이었단 말이야. 아들이었다고. 우리 아들…"

"이제 그만하자, 정분아…"

경규는 우는 아내를 꼭 안고 달래주었다.

"정분아. 내일은 밖에서 만날까."

"왜 오빠?"

"외식하자 우리."

"그래 오빠. 나가서 기다릴게."

둘은 퇴근 후 외식을 약속했다.


이튿날, 경규는 퇴근 시간이 조금 넘어서 일을 마쳤다. 아내가 기다리는 장소로 가기 위해 자전거에 올라탔다. 신작로는 드문드문 빙판을 이루고 있었다. 뒤편에서 오는 트럭을 피하기 위해 길 옆으로 핸들을 틀었다.

길옆의 빙판은 자전거 바퀴를 밀어내고, 자전거와 경규는 넘어지면서 트럭의 바퀴 사이로 빨려들어가고 말았다. 행복한 신혼의 단꿈은 4개월 만에 산산조각 나고 말았다. 길가에 쓰러진 경규의 모습은 참혹했다.


이후, 친정으로 돌아간 정분이는 오랫동안 남편이 죽었다는 것도 잊고, 신작로를 바라보며 경규가 오기를 기다렸다. 자전거 소리가 들리면 오빠인 줄 알고 밖으로 뛰어나가곤 하였다.

경규는 당연히 오지 않았다. 과부된 딸을 바라보는 친정엄마

二장·착한 귀신들

는 한숨이 날로 늘었다.

"아이고 정분아. 이게 꿈이냐 생시냐…"

"엄마, 이건 꿈이어요… 오빠는 반드시 돌아올 거여요."


을축년, 정분이는 29살에 재혼을 했다.

엄마의 간곡한 부탁이었고, 경규를 기다리다 지쳐버린 정분이의 결정이었다. 남편은 사업을 했고 남들보다 부유하게 지냈다. 무역업을 하는 남편은 출장이 잦았고 집에는 소홀했다. 부부 싸움은 날로 심해져갔다.


정분이는 35살 되던 신미년에 이혼하였다.

남편은 일찌감치 다른 곳에 여자를 두고 있었던 듯 이혼과 동시에 결혼을 하였다. 정분이는 다시 혼자가 되었다.

잠실에 작은 방을 얻어 친구와 커피숍을 열었다. 이제는 사람에 부딪치지 말고 일에 몰두하면서 혼자 살자고 다짐을 했다.

주위 사람들은 "넌 남편 복이 없나보다"라는 말들도 했다. 자신이 생각해도 남편 복은 없는 것 같았다. 사랑했던 사람은 죽고, 재혼한 남자는 바람을 피우고…

생각해보면 서글픈 인생이 아닐 수 없었다.


"따르릉, 따르릉…"

"여보세요."

"정분이냐?"

"네, 엄마… 웬일이세요."

"웬일은, 별일 없는가 하고 전화했지."

"잘 있어요. 집엔 별일 없으시죠?"

"그래. 여기도 잘 지낸다."

"제가 한 번 뵈러 가야 할 텐데 시간이 안 나네요."

"정분아!"

"네, 엄마."

"너, 나 좀 한 번 보자."

"왜요, 엄마?"

"니 생일이 낼 모레잖냐."

"진짜 그러네요. 내 생일이 얼마 안 남았네요."

"집에 한 번 내려오거라. 내가 미역국 끓여줄게."

정분이는 요 몇 년간 친정에 내려가지 못했다. 모든 이에게 죄송하고 창피해서 못 내려갔다는 말이 맞을 것이다. 엄마는 쓸쓸해 보이는 딸년을 생각해서 전화를 하신 것이다.

정분이는 울컥 눈물이 쏟아졌다. 그리고 아련히 생각나는 경규의 모습을 떠올렸다. 버스에서 내리면 언제나 반갑게 맞아주던 여고 시절이 자꾸만 되살아났다. 항상 자전거를 끌고 와서 기다려주던 오빠의 모습을 한동안 잊고 있었던 것이다.

정분이는 간단한 차림을 하고 예산행 버스를 탔다. 차창 밖에는 비가 주룩주룩 내리고 있었다. 집에 가려면 시내버스로 갈아타야 했지만 그는 걷기로 했다.

경규 오빠와 이 길을 걸을 때는 먼지 나는 신작로였는데, 이제는 아스팔트가 단정히 나 있었다. 여고 시절 자신이 버스에서 내리던 곳에서 주위를 둘러보았다. 항시 기다려주던 경규의 모습은 보이지 않았다. 나지막이 경규를 불러보았다.

"오빠…."

"경규 오빠, 보고 싶어."

정분이의 볼에서 어느새 눈물이 흘러내렸다. 비가 거칠어졌지만 정분이는 아랑곳하지 않고 걸어갔다. 저만치서 누가 우산도 안 쓰고 자전거를 타고 오는 모습이 보였다. 빗줄기 때문에 뚜렷한 모습은 안 보였지만, 분명 경규였다.

정분이는 우산을 내팽개치고 뛰었다.

"오빠…."

뛰어가면서 정분이는 오빠를 힘껏 불렀다. 자전거가 멈춰 서더니 정분이를 기다렸다.

"오빠, 경규 오빠…."

정분이 달려갔을 때 경규는 사라지고 없었다. 주위를 둘러봐도 넓은 논뿐이었다.

"내가 분명히 봤는데…."

"오빠, 경규 오빠!"

정분이는 다시 불러보았다. 그러나 비만 세차게 내릴 뿐이었다. 친정에 온 정분이는 대뜸 엄마에게 경규 얘기부터 했다.

"엄마, 나 경규 오빠 봤어."

"죽은 사람을 어디서 봤다고 그랴…."

"방금, 저 앞길에서…."

"얘가 미쳤나."

정분이는 자기가 본 것을 엄마에게 얘기했다. 교복을 입고 자전거를 타고 자신을 기다리던 경규의 모습을 이야기했다.

엄마는 믿지 않았다.

"틀림없이 봤다니까…."

모녀는 저녁을 먹고 잠자리에 들었다. 정분이는 낮에 있었던 일을 생각하니 잠이 오지 않았다. 밤이 깊었는데 밖에서 무슨 소리가 들렸다. 잊고 살았지만 분명 경규의 자전거 소리였다.

정분이는 슬며시 일어나 방문을 열었다. 마당에는 정말 경규가 자전거를 타고, 빙빙 돌고 있었다. 옛날 그 모습이었다. 정분이는 기어나오는 소리로 오빠를 불러보았다.

"오빠…."

목소리가 입 밖으로 나오지 않았다.

"오빠… 경규 오빠야?"

경규는 대답을 하지 않고 자전거만 타고 있었다.

"오빠."

경규가 자전거를 멈추더니 정분이를 보고 씽긋 웃는다. 그리고
경규는 사라졌다. 마당으로 뛰어나간 정분이는 주저앉고 말았다.
마당에는 자전거 바퀴 자국이 어지러이 나 있었다.

"오빠 어찌 된 거야… 오빠."

하늘을 바라보고 정분이는 소리쳤다.

그 후로 경규는 정분이 앞에 모습을 자주 나타냈다. 다른 남자
와 얘기할 때는 꼭 곁에 있는 것 같았다. 정분이 얼굴에는 화색
이 돌고 하루하루가 즐거웠다. 오빠가 곁에 있다고 생각하면 절로
웃음이 나왔다.

정분이는 제일 비싼 자전거를 샀다. 그리고 자전거를 집에 놓
아두었다. 아침에 일어나면 자전거부터 바라보았다. 오빠가 밤새
자전거를 탔는가를 보는 것이다. 자전거에 물통도 달아놓았다.
아침 저녁으로 물통을 깨끗이 닦고 물을 넣어두었다.

벌써 6년째 단 하루도 거르지 않고 그 일을 하고 있다.

$$\begin{array}{cccc} 辛 & 癸 & 丙 & 丁 \\ 酉 & 卯 & 午 & 酉 \end{array}$$

위 사주는 계수癸水가 오午월에 낳고, 병정화丙丁火 모두 투간透干되었지만 정화丁火가 사령司令이니 편재격偏財格이다. 원국에는 관성官星이 전무全無하고, 인성印星과 재성財星이 상전相戰하고 있다.

무신戊申 대운에 남편을 만나 결혼하였으나, 병진丙辰년 축丑월에 4개월 만에 사망하였다. 이는 원국에 없는 관성이 들어와 결혼은 하였으나 심한 설기洩氣로 인한 현상이다. 기유己酉 대운 을축乙丑년에 재혼을 하니, 천간의 을목乙木 식상食傷이 남자를 원했고, 지지의 축토丑土는 축유합丑酉合하니 관성의 합合으로 결혼을 하였다. 합에 의한 결혼은 충沖을 만나면 깨지는 법이다. 경술庚戌 대운 신미辛未년에 이혼을 하였는데, 인성印星이 강왕強旺해지고, 미토관성未土官星이 들어와 인목卯木에 합거合去되니, 식상의 힘이 왕旺해지어 이혼의 결단을 내린 것이다. 임신壬申년에 죽은 영혼과 만남은 인신卯申귀문에 의한 것이다. 또한 목木이 상傷한 사주의 대표적 실례라 할 수 있다.

# 7

# 뻿나무에서 떨어지면 뻗는다

민영이가 태어나 자란 곳은 전라도 산골 마을이다.

다니는 초등학교는 신작로를 따라서 10리를 가야 했다. 신작로에는 봄이면 가로수가 푸른 잎을 틔웠는데, 그 가운데 벚나무가 아이들에게 가장 인기가 좋았다. 아름다운 꽃을 피우고 맛있는 버찌 열매를 맺기 때문이다.

여름에 큰비가 내리면 신작로를 따라 흐르던 냇물이 황토물로 변해 아이들을 공포에 떨게 하곤 했다. 가을이면 코스모스가 수를 놓아 꽃길을 만들었다.

겨울에는 찬바람이 불었지만, 엄마가 손수 떠준 도꾸리를 입고 산 밑에 바짝 붙어서 뛰어가면 세찬 바람을 피할 수도 있었다.

학교 가는 날이면 동네 어귀에 학생들이 모여서 행군하듯 학교를 향해 걸어갔다. 등에는 나이롱 책보를 메고, 신발은 검정 고무신이다. 가끔씩 '광주고속' 버스가 먼지를 일으키며 지나갔는데,

맘 좋은 아저씨는 공짜로 태워주기도 했다.


　민영이 부모님은 동네 어귀에서 담뱃가게를 하셨다. 과자도 팔고, 양조장에서 배달되는 막걸리도 팔았다. 가끔씩 서울에서 떼온 옷가지며 양말도 팔았다.

　한량이었던 아버지는 동네 사랑방에서 장기를 두거나, 술에 취해 있는 게 일상이었다.

　엄마는 6·25 때 이곳으로 피난 와서 지금의 남편을 만나 머물러 살게 되었다. 엄마의 가족들은 모두 서울에 있었다.

　민영이가 좋아하는 서울 이모는 올 때마다 예쁜 리본이랑 옷을 사오고, 서울 얘기도 많이 해주었다. 엄마의 극진한 사랑을 받고 자란 민영이는 항상 예쁜 옷을 입고 다녔다. 어느 날, 엄마가 서울에서 연분홍 원피스를 사왔는데 팔에는 레이스가, 가슴에는 리본이 달려 있었다. 민영이는 너무나 기뻤다.


　민영이는 3학년이었고, 학교 가는 신작로에는 벚나무에 꽃이 활짝 피어 있었다. 조금 있으면 버찌를 마음껏 따먹을 수 있었다.

　아직 원피스를 입기엔 아침저녁 조금 쌀쌀했지만 민영이는 아랑곳하지 않고 그 옷만 입고 다녔다. 친구들 모두 민영이의 예쁜 옷을 부러워했다. 학교에서 돌아오면 엄마에게 자랑을 늘어놓았다.

　"엄마, 친구들이 이 옷 너무 예쁘다네잉."

"그려, 좋것네. 우리 민영이."

민영이는 연신 헤헤거리며 웃었다.

그러던 어느 날이었다.

"민영아, 엄마 내일 서울 가야것다."

"이모네 집에?"

"응, 이모네 집에 간다."

"나도 가고 싶은디."

"니는, 핵교 가야지."

"그래도 가고 싶은디…."

서울에서 직장에 다니는 이모는 이번에 선본 남자와 결혼을 한
단다.

"몇 밤 자고 오는디?"

"두 밤 자고 올텡게."

"알았어."

"핵교 끝나면 일찍 와야 된다잉?"


다음날 아침, 민영이는 아버지가 차린 밥을 먹고 학교로 향했다.

길가에는 벚나무들이 나무마다 새까맣게 버찌를 달고 있었다.
남자아이들은 벌써부터 입술이 까매지도록 따먹고 있었다.

"나도 이따가 올 때 따먹으야지" 하면서 민영이는 학교 가는 길
을 서둘렀다.

민영이는 방과 후, 친구들과 버찌를 따먹을 상의를 했다.

"우리 뻣 따먹으러 가자, 잉?"

"안 돼, 뻣나무 올라가다 떨어지면 뻗는다."

"안 올라가고 밑에 있는 거 따먹으면 되지야…."

"그러자, 우리 빨리 가보자."

여자아이들은 밑에 것을 따먹을 참이었지만 이미 다 따먹고 없는 상태였다. 열매는 나무 윗부분에만 남아 있었다. 민영이는 마침 지나가는 동네 오빠에게 버찌를 따달라고 청했다. 동네 오빠는 신이 나서 나무에 올라가 열매를 따기 시작했는데, 따자마자 바로 먹어버렸다.

"오빠, 그 위에서 혼자만 먹지 말고 꺾어서 던져주라… 잉?"

달콤한 버찌 맛에 빠진 경수 오빠는 오히려 놀리기만 했다.

"느들이 따먹어."

"오빠, 나쁘다. 약 올리기만 하고."

"그럼 쬐깨만 기다려…."

"관 둬!"

버찌가 먹고 싶은 민영이는 올라가기 좋은 나무를 선택해서 오르기 시작했다. 얼마 안 있어 열매가 달린 가지에 손이 닿았고, 마침내 나뭇가지를 조심스레 당겨서 주렁주렁 달린 버찌를 입에 넣으니 그야말로 꿀맛이었다.

"민영아, 그 가지 발로 눌러봐라."

밑의 친구들은 손에 닿을 듯 말 듯한 벚나무 가지를 발로 눌러 달라고 했다.

"알았어."

민영이는 능숙한 솜씨로 친구들이 따먹을 수 있도록 가지 하나를 발로 눌러주었다. 친구들은 나뭇가지를 잡아채서, 버찌를 따먹기 시작했다. 버찌를 다 따먹은 친구들이 잡고 있던 나뭇가지를 무심히 놓아버렸다.

순간, 가지를 디딤으로 하고 있던 민영의 발이 튕겨 오르는 가지로 인해 미끄러졌고, 민영이는 다른 가지를 잡고 있던 손까지 놓치면서 밑으로 떨어지고 말았다. 떨어지는 중에 입고 있던 연분홍 원피스의 치마 부분이 나뭇가지에 걸리면서 그만 거꾸로 떨어지고 말았다

경수가 어른들에게 알리기 위해 고무신을 양 손에 들고 마을로 뛰었고, 친구들은 민영이 주위에 모여서 어쩔 줄 몰라 했다. 민영이를 흔들어보았지만 깨어나지 않았다.

소식을 들은 아버지가 달려오고, 민영이는 동네 총각의 등에 업혀서 보건소로 향했다.

"민영아, 괜찮나?"

깨어난 민영에게 아버지가 아픈 곳을 물었다. 민영이는 다리가 아프다고 울먹였다. 보건소 소장은 한참을 쳐다보더니, 뇌진탕이

있긴 한데 괜찮은 것 같다고 아버지를 안심시켰다.

"애가 놀랜 것 같으니, 집에 데려가서 쉬게 하세요."

"예, 선상님, 고맙습니다. 고맙습니다."

아버지는 연신 고개를 조아리며 감사함을 표하고는 민영을 등에 업었다.

"이노무 지지배, 가시나가 낭구는 왜 올라가는 거여."

"아부지, 엄마한테 이르면 안 되요."

"옷이 그 모양으로 찢어졌는디 모를 것 같냐."


다음날 민영이는 일어나지 못했다.

"머리가 아퍼요, 아버지."

"그라믄 이노무 지지배야, 낭구에서 떨어졌는디 안 아프것냐."

아버지는 대수롭지 않다는 듯 말했다.

"뺏나무에서 떨어지면 뻗는다는 말도 못 들어봤냐"면서 나무라기만 하셨다.

민영이는 온몸이 쑤시고, 일어서면 구토가 나려고 했다. 그날 늦게서야 집에 돌아온 엄마는 딸의 모양새를 보고 어이가 없었다.

"이놈의 양반이, 애 죽일려고 이대로 둔거?"

"보건소 의사 양반이 괜찮다고 했어…."

"먼 소리여…, 애가 일어나질 않는디!"

"쬐끔 아프다 말것지."

엄마는 읍내 도립병원으로 민영이를 데리고 갔다. 그 후 민영이는 한동안 병원 치료를 받았다.

뇌진탕이 정신병으로까지 발전한 민영이는 그 후로 버찌를 먹어보지 못했다. 학교도 가끔씩 가지 못할 정도로 상태가 안 좋았다. 민영이 엄마는 딸의 병을 누구에게도 알리지 않았다. 증세가 도질 만하면 엄마는 딸을 데리고 서울 이모 댁을 찾았다. 보다 못한 이모들이 병원에 입원시키자고 하면, 정신병원에선 잠자는 약만 먹여서 사람을 병신 만든다며 완강히 거부했다.

딸은 자기가 고칠 거라며 더 이상 말도 못 꺼내게 했다. 엄마로서 무엇보다 걱정 되는 것은 딸의 장래였다. 정신 병력을 남들이 알면 시집도 못 보낼 것 같았기 때문이다. 엄마의 그런 지극 정성으로 민영은, 전처럼 명랑하지는 않았지만 무사히 고등학교까지 졸업할 수 있었다.

가끔씩 일어나는 넋 나간 듯한 표정 변화와 엉뚱한 행동들을 바라보는 엄마의 가슴은 찢어질 듯 아팠다. 어쩌면 평생을 돌봐야 할 터였다.

엄마는 남대문에서 옷 장사를 시작했고, 민영이는 불규칙적으로 가게로 출근을 했다. 그런데 옆 가게의 총각이 민영이를 좋아하게 되었고 이윽고 청혼을 해왔다. 한동안 고민하던 엄마는 시집을 보내기로 마음먹었다.

민영이는 22살 되던 해 봄에 시집을 갔다. 남편은 민영이가 내성적이라고만 생각했지 정신병이 있는 줄은 몰랐다. 엄마는 자신의 딸이 우울증이 있으니 잘해달라고 당부했다.

엄마는 사위에게 가게를 내주었고 집도 장만해주었다. 사위의 마음을 다독거려주는 것만이 해결책이라고 생각했던 것이다. 그러나 엄마의 마음처럼 사위도 민영이도 움직여주지 않았다.

남보다 더딘 말과 행동을 사위는 점점 못마땅해했다. 시간이 지날수록 민영은 더욱 위축되었고 겁먹은 표정으로 고개를 떨구고 지냈다.

"이런 미련 곰탱이가 다 있어!"

"……."

"야… 뭐라 말 좀 해봐."

남편은 이제 욕설에 그치지 않고 때리기까지 했다.


사태를 파악한 엄마는 대성통곡을 했다.

"한시름 놓는가 싶더니 이게 웬 날벼락이냐… 민영아."

민영이는 말이 없었다. 민영이는 2년의 결혼 생활 끝에 엄마에게로 돌아왔다. 불쌍한 딸 생각에 엄마의 눈물은 다시 시작되었고, 이제 민영은 아예 집에서도 나오려 하지 않았다.

정묘년 여름.

사당동의 점집 앞에 두 명의 중년 부인이 서 있었다.

"언니, 들어가보자."

"오긴 왔다만… 왠지 겁난다…"

"괜찮아, 얼마나 친절한데…"

"점을 본다고 뭐가 달라지겠니?"

"이 동네에서 유명한 무당이래. 쪽집게가 따로 없대."

동생은 언니를 겨우 달래서 점집으로 들어섰다. 그윽한 향 냄새가 가득했고, 제단에는 울긋불긋한 탱화가 무섭게 쳐다보고 있었다.

무당이 반갑게 인사를 했다.

"어서 오세요."

"힘들게 찾아왔습니다. 보살님."

"더운데 오시느라고 고생하셨습니다."

언니와 동생은 한 여자의 사주를 불러주었다.

사주를 살핀 무당이 말했다.

"따님이신가 보죠?"

"예, 제 딸입니다. 잘 좀 봐주세요."

보살은 생년월일을 적더니, 부채와 방울을 들고 주문을 외우기 시작했다.

"천지신명 일월성신 삼천전안 육천법당 신명신도 선생님네, 육정육갑 풀어내어 경자생에도 ○씨 자손 점사 통문 나리소서…."

잠깐 주문을 외우더니 엽전을 상 위에 던진다. 상 위로 "쨍그 렁" 하고 엽전 떨어지는 소리가 요란하다. 자매는 무당의 입에서 무슨 말이 나올지 두려워하며 눈을 떼지 못했다.

"나무에서 떨어졌구먼?"

언니가 놀라며 말했다.

"예. 어릴 적에 벗나무에서 떨어진 적이 있습니다."

언니의 가슴이 쿵쾅거렸다. 신기하게 맞춘다는 듯 동생에게 눈 짓을 했다.

"이쁜 옷 입고 나무에 올라갔다 떨어졌네…. 그때 신이 왔어… 어디가 아픈가?"

"예. 많이 아픕니다."

"내 머리가 어지러운 것 보니… 정신이 나간 것 같은데?"

"예… 보살님. 가끔씩 온전치 못한 지가 오래되었어요."

그러자 무당의 입에서 나온 말은 놀라웠다.

"신굿 해야 돼."

"신굿이 뭔가요?"

"내림굿을 해야 된다고!"

"내림굿이라니요. 그럼 무당이 된다고요?"

"그래, 무당이 되어야… 온전히 살 수가 있어."

난감한 일이 아닐 수 없었다. 자기 앞가림도 못하는데 무당을 시키라니. 그러나 무당의 점사는 너무나 정확했다. 엄마는 믿어야 될지 말아야 될지 도무지 갈피가 잡히지 않았다. 집으로 돌아와 며칠을 고민한 엄마는 다시 무당집을 찾았다.

"보살님, 우리 애가 무당이 되면 정상적으로 살 수 있을까요?"

"걱정 마세요. 신이 와서 그러는 것이니… 내림굿을 하면 바로 나을 겁니다."

"평소는 안 그러다 가끔씩 그러는데요."

"그게 다 신의 조화입니다. 신이 와서 그러는 건데 정신병자 취급만 해서야 되겠습니까."

"……."

"내림을 받고 열심히 기도하면, 잘 부려먹는 무당이 될 겁니다."

결국 엄마는 결심을 굳혔다.


병인년, 계룡산의 한 자락에서 내림굿이 시작되었다. 제단 위로 온갖 과일과 음식들이 먹음직스럽게 차려졌다. 벽에는 오색의 신복들이 솜씨를 뽐내기 위해 준비되었다. 문밖에는 커다란 돼지 한 마리가 혀를 쑥 내밀고 있었다.

민영이는 겁에 질린 모습으로 구석자리를 차지하고 있었다. 엄마와 이모에겐 그 모습이 너무나 안쓰러웠다. 덩치 큰 법사는 껌벅껌벅 큰 눈을 뜨고 열심히 신장대를 말고 있었다. 청배해온 박수는 한시도 입을 가만두지 않고 말을 해댔다.

"젊은 법사님, 내가 오늘 오다가 꿈을 꾸었는데 오늘 일이 잘되 겠어요."

"잘되면 좋지요."

"근데 법사님은 나이도 어린 것 같은데, 어쩌다 무당이 되었 슈?"

"그냥 재밌어서 하는 거유."

싹싹한 박수에 비해 법사는 무뚝뚝해서 두 사람이 극명히 비 교가 된다.

"아이고, 먼 말씀이랴. 재밌어서 하는 사람이 어디 있어요. 헐 수 없어 하는 거지."

"난 재미있던데요."

"허어, 팔자네요그려."

옆에 있던 엄마는 벌써부터 눈물을 보였다. 딸 한 번 쳐다보고, 한숨 한 번 토해내고 하는 식이다. 딸은 고개를 떨구고 조용히 앉 아만 있다.

"따님이 참 얌전하십니다."

"예, 법사님 너무 얌전하고 착해요…."

"잘될 테니, 걱정 마세요."

"고맙습니다."


계룡산에 법사의 경문소리가 울려 퍼졌다.

엄마는 무슨 복을 받으려는지 앉지도 않고 연신 절을 한다. 모르는 사람이 보면 엄마가 신내림을 받는 사람 같다. 절하다 지치면 딸의 손을 꼬옥 잡았다. 엄마의 눈은 퉁퉁 부어 있었다. 계속 흐르는 눈물을 주체하기 힘들었나보았다.

법사의 경문은 귀신을 때려잡는지 강하게 이어지다가 슬픈 곡조를 타기 시작했다. 옥추가 끝나고 축원의 순서였다.

---

육십갑자 해원경

갑자을축 해중금은 금생남녀 원혼인가 망망창해 대해 중에 황금같이 묻혔으니 인간세월 적막하네 그로 맺혀 원혼이가 금일 오신 열위영가 왕생극락 가옵소서 나무아미타불~
병인정묘 노중화는 화생남녀 원혼인가 노상천변 타는 불은 무주고혼 분별할까 이내 무덤 타는 불을 행여 누가 꺼줄거나 그로 맺혀 원혼이냐 나무아미타불~
무진기사 대림목은 목생남녀 원혼인가 울울창창 임하촌에 무월삼경 처량하다 산천은 가을 초목 바람결도 쓸쓸한데 고귀산림 생각하니 생전사가 그리웁네 그로 맺혀 원혼인가 나무아미타불~

(중략)

무인기묘 성두토는 토생남녀 원혼인가 일락서산 저문 날에 소행이 가이 없네 어디 가서 누구더러 이내 소원 원정을 할거나 이 가슴에 타는 한 을 어디 가서 풀어볼까 그로 맺혀 원혼인가 나무아미타불~

경진신사 백납금은 금생남녀 원혼인가 백납부에 서린 몸이 병환으로 죽단말가 잔병 없이 살 적에 못다 먹고 못다 쓰고 한 푼 두 푼 탐욕으 로 천년만년 살 줄 알고 모은 재물 오늘날 쓸데없네 이내 일신 죽어지니 세상사가 허망하기 가이 없다 그로 맺혀 원혼인가 나무아미타불~

임오계미 양류목은 목생남녀 원혼인가 무원세류 푸른 버들 이슬 받아 눈물 되고 실실이도 맺혔으니 원혼이요 금일염불 삼보불전 예배하고 무 엇으로 보시할꼬 그로 맺혀 원혼인가 나무아미타불~


갑신을유 천중수는 수생남녀 원혼인가 우물 밑에 어별같이 속절없이 묻혔으니 어느 누가 알아주며 어느 자손 찾아올까 전생사후 쓸데없네 후세발원 어찌할꼬 이내 신세 원이 되어 그로 맺혀 원혼이요 나무아미 타불~

병술정해 옥상토는 토생남녀 원혼인가 세상 사람 태어날제 본래부터 헛된 것이 부운같이 생겨나서 실속 없는 꿈만 꾸다 경각간에 죽어지니 세상사가 허망하다 서산에 지는 해는 얼마나 남았는가 인생일장이 잠 깐이네 허망하고 무상하다 인간세월 빠르구나 한심하고 가련하네 슬프 도다 우리 인생 그로 맺혀 원혼인가 나무아미타불~

무자기축 벽력화는 화생남녀 원혼인가 번개같이 빠른 세월 이팔청춘 간곳 없네 애호생기 수유하고 선장장이 무궁이라 오늘날을 생각하니 한심하고 처량하네 그로 맺혀 원혼이냐 나무아미타불~


(중략)

병오정미 천하수는 수생남녀 원혼인가 칠월칠석 오작교는 한수에 막혔으되 견우직녀 월하약은 일년일차 보련마는 이내 신세 막연하네 청산에 묻힌 백골 어느 때나 다시 올까 그로 맺혀 원혼이요 나무아미타불~

무신기유 대역토는 토생남녀 원혼인가 태산이 평지로되 원혼이 깊이 맺혀 속절없이 죽었다면 천만년이라도 잊지는 못할래라 남녀친구 벗님네들 낳고 살고 죽는 것이 이다지도 한심한가 허망하고 무상하네 이내 원혼을 풀어주소 그로 맺혀 원혼이요 나무아마티불~

경술신해 차천금은 금생남녀 원혼인가 금회옥휘 빛난 금은 화동답답 탕진하고 당상노친 부모처자 오늘날로 생각하니 한심하고 가련하네 살아 생전 있을 적에 할일을 못다 하고 황천귀신 되었으니 근들 아니 원혼인가 그로 맺혀 원혼이요 나무아미타불~

임자계축 상자목은 목생남녀 원혼인가 생사불망 들어가니 불쌍하고 가련하다 임의원기 태어난 생 혹남혹녀 이 아닌가 절통하고 한심한데 후회막급 뿐이로다 그로 맺혀 원혼이요 나무아미타불~

(중략)

경신신유 석유목은 목생남여 원혼인가 옥창전에 석유목은 속절없이 피어 있고 남원방초 푸른 버들 곳곳마다 수심이네 녹음홍수 병이 들어 생사불망 들어가니 불쌍하고 가련하네 그로 맺혀 원혼이요 나무아미타불~

임술계해 대해수는 수생남녀 원혼인가 아서라 쓸데없다 이내 신세 원수로다 만단후회 다 버리고 전생후생 맺힌 한을 금반옥좌 원을 풀고 일엽편주 돛을 달아 사해팔방 노닐다가 사해팔방 넓은 물에 범범류수 떠나가서 이별종천 아니 오고 영별종천 돌아가며 애호 답답 내 신세야

혼신이라 한탄 마오 유일천하 진시황도 아방궁을 높이 짓고 만리장성 멀리 쌓고 육국제후 조공 받고 삼천궁녀 시위하여 영주봉래 불사약을 삼신산에 불사약을 구할 길이 가히 없어 산록풍경 사구평태 저문 날에 여산향축 뿐이로다 초나라의 초패왕은 태나라 때 수금되어 고국을 못 가보고 초혼조 새가 되어 월랑조정 반겨 들고 동정추월 달 밝은데 귀촉도 슬피 울며 인간세상 절로 나며 주나라 근원이요 위국충신 하려다가 명나라 깊은 물에 수중귀신 되어 있고 위나라 조명덕은 십만 대군 거느리고 통일천하 하려다가 적벽강 수천 중에 씨도 없이 죽었으니 그도 역시 원명이라 원혼 되신 금일영가 한을 말고 원한지심 풀으시고 왕생극락으로 가옵소서 나무아미타불~

엄마는 발을 동동 구르며 통곡을 한다. 민영이의 모습이 너무 불쌍한지, 법사와 무녀들 모두가 눈물을 보인다.

"엄마, 엄마…" 하면서 민영이는 한참을 울어댄다.

법사는 울음을 그치도록 자제시키고, 안정하도록 지시한다. 그 사이에도 엄마의 울음은 그칠 줄 모른다. 민영이가 다시 뛰기 시작한다. 어느 무당보다 더 높이 뛰기 시작한다.

바로 이날 이 순간을 기다렸다는 듯, 부채와 방울을 들고 공수를 준다. 마당에 대기한 작두에 선뜻 올라가더니

"기다리고 기다리던, 장군이 왔다!"라면서 호령도 한다.

민영이는 무당이 되었다.

지금은 전주 근처의 암자에서 엄마와 둘이서 살고 있다. 항시 걱정 많은 엄마는 민영이 곁을 떠나지 않는다. 이제는 혼자 있어도 되는 민영이지만, 엄마에겐 여전히 물가에 내어놓은 아이인 것이다.

丙 庚 乙 庚
子 子 酉 子

경금庚金이 유월酉月에 낳으니 양인격陽刃格이다. 상신병화相神丙火가 있으니 귀족의 풍모를 갖춘 인물이다. 그러나 편인무토偏印戊土가 없으니 살인상생殺印相生이 성립되지 않으므로 공적인 업무를 담당하지는 못한다. 비유하자면 양인격이 편관偏官이라는 칼은 들었지만 편인偏印이 없어서 공공업무를 위한 칼은 아니다.

## 8

# 첫사랑

우물 속만큼이나 깊어진 투명한 가을 하늘.

젖은 빨래에서 튕기는 물방울이 차갑게 느껴진다. 하얀 빨래를 널다가 무심코 올려다본 하늘은 푸르디 푸르다.

"아."

갑자기 코끝이 시큰해진다. 어느새 성큼 다가선 싸한 가을햇살 때문일까?

여름은 그렇게 훌쩍 떠나가버리고, 남겨진 공간엔 한 쌍의 고추잠자리가 원을 그리며 날고 있었다.

그녀는 이제 잠자리 한 쌍마저 떠나버린 빈 하늘을 바라보았다. 그 사이 널다 만 옷가지 하나가 마당 한구석 키 큰 대추나무 아래로 날아가버렸다. 그녀는 옷을 집다 말고는 주문에 걸린 듯 대추나무의 서늘한 그늘에 누워서 하늘을 올려다보았다.

하늘은 공허하리만치 깊고 푸르렀다. 그녀의 눈은 초점을 잃고 빈 공간을 헤매기 시작했다.

한줄기 바람이 휑하니 빈 뜰을 지나고, 투명한 햇살에 그녀는 눈을 감았다. 그녀는 오래전 어느 여름을 떠올리고 있었다.


그해 여름은 유난히 눈부셨다.

맴맴맴 매애앰.

"아우, 시끄러워. 저것들은 잠도 없나. 밤낮으로 울고 저러니? 야! 너, 내 말 듣고 있는 거야?"

"한때잖아. 한철 살다 가는데 맘껏 울라고 해. 가엾잖아. 지 신세 한탄하는 거라고."

"아유, 덥다. 우진아, 지금 나올래? 우리 전화 그만하고 만나자. 시원한 뭐라도 먹어야지 안 그러면 나, 더워서 죽을 것 같아."

"힘들지? 올 여름만 넘기면 이제 누나도 대학생 되는 거네. 조금만 참아."

"징그러워. 고3만큼 징그러운 것도 없을 거야."

소나기가 그친 새벽녘의 바람은 싱그러웠다. 비를 맞아 온통 깨끗해진 거리는 고요했고, 줄지은 아파트의 창가에는 오랜만에 내린 소나기에 더욱 생그러워 보이는 화초들이 바람에 산들거렸다. 여름날의 새벽은 신선해 보였다.

우진과 만나 시원한 아이스크림과 청량음료를 한 손에 들고 아파트 단지 내에 있는 놀이터 그네에 걸터앉았다. 청푸른 잉크 빛의 새벽 하늘을 향해 앉은 예령이는 함박웃음을 지으며 떠들기 시작했다.

"난 영혼을 그려내는 클림트 같은 화가가 될 거야. 따뜻하면서 순수한 그런 영혼을 그려보일 거야."

"… 누나는 할 수 있을 거야."

"근데 원장 선생님이 너 칭찬을 많이 하시더라. 네 그림에선 화려하지만 순수함이 느껴진대! 그건 아마 네 눈이 맑기 때문일 거야. 너처럼 순수하고 맑은 애는 처음 봤어."

예령이의 장난스런 눈빛에 얼굴이 달아오른 우진은 얼른 고개를 돌리고는 발을 힘껏 차 그네를 굴렸다.

김예령. 그녀는 언제부터인가 그의 마음속에서 소중한 별과 같은 존재로 자리잡았다. 그는 그녀와 같은 미술학도인 것이, 같은 대학을 꿈꾸고 있는 것이, 그리고 같은 꿈을 간직하고 있는 것이 운명이라고 느껴졌다. 그의 모든 것이 되어버린 그녀가 지금 이렇게 자기 옆에서 함께 미래를 설계하고 있다는 생각에 가슴이 벅차올랐다. 그네를 타고 하늘 저 끝까지 오를 수 있을 것만 같았다.

＊

"자, 조용, 조용! 너희들도 알고 있듯이 이번 여름방학이 가기 전에 우리 학원도 1박 2일로 하기 수련회를 가기로 했다. 장소는

二장·착한 귀신들

남이섬. 각자 전공에 맞는 실기 도구 챙겨오고, 입시반 중에서는 지원자만 받기로 했으니까 부담 가질 필요는 없어."

학원 원장 선생님의 발표에 가벼운 흥분과 술렁임 속에서 아이들은 즐거움을 감추지 못하였다.

남이섬이라.

예령은 잠시 눈을 감고 어릴 적 아빠와 함께 갔던 그 섬을 떠올렸다. 넓은 잔디밭과 푸른 강물만 기억나는 그곳의 기억은 예령에게 남달랐다. 지금은 안 계신 아빠와의 추억이 많이 담긴 곳이어서일까.

들뜬 마음 때문인지 그림 연습이 잘되지 않았다. 우진이 쪽을 보니 제 또래 친구들과 물감을 풀고 신나게 장난질을 치고 있었다.

예령은 갑자기 가벼운 오한까지 느껴져 일찍 집으로 돌아가기로 마음먹었다. 집으로 돌아와 침대에 누워 멍하니 천장을 바라보고 있을 때 전화벨이 울렸다.

따르릉.

버릇처럼 시계를 쳐다보았다. 어느새 밤 열 시가 조금 지났다. 우진에게서 전화 왔다는 소리를 듣고도 잠이 든 척 꼼짝을 하지 않았다. 멀어져가는 엄마의 발자국 소리를 듣고는 다시 눈을 감았다. 그녀는 그날 밤 꿈속에서 그동안 잊고 있던 아빠의 모습을 보았다. 어쩐지 아빠의 모습에 우진의 얼굴이 겹쳐지면서 슬퍼졌다.

밑단이 풀린 청 반바지는 우진에게 잘 어울렸다. 챙을 뒤로 돌려 쓴 모자에 환하게 웃는 그의 싱그러운 모습이 오늘 유난히 예령을 설레게 했다.

"누나, 김밥 준비해왔어! 이따 차안에서 먹자. 누나 그 형광 티셔츠 잘 어울리는데!"

늘 살가운 우진은 예령이에게 즐거운 에너지를 불어넣어 주는 재주가 있는 듯했다.


어느새 고속버스는 시원한 고속도로를 매끄럽게 달리고 있었다. 삼삼오오 짝을 이룬 아이들은 게임을 하고, 이야기를 하고, 사진을 찍어대는 등 오랜만에 느끼는 해방감에 들떠 있었다.

드디어 섬에 도착했다. 각자 조에 맞추어 방을 정하고 점심시간이 지난 때라 서둘러 식사를 했다. 식사 후에 그림도구를 챙겨 원하는 풍경을 찾기 위해 캔버스를 들고 이곳저곳을 둘러보고 있을 때였다.

"예령아, 이리 와. 여기 괜찮지? 저기 멀리 성당도 보여."

친구 명주와 같이 다니던 남자아이들 서넛이 예령을 불렀다. 가벼운 스케치만 하려 한 예령은 친구들이 권한 풍경을 보고는 자리를 잡았다. 그곳은 정말 매력적으로 보였다.

"뭔가 영감이 떠올라."

"하하. 그래, 어울린다. 네 실력이면 틀림없이 제일대에 갈 거야.

나야 뭐 엄마 등쌀에 예체능으로 온 거지. 관심 없어. 난 대학만 가면 전과할 거야."

"그럼 뭐하러 지금 이렇게 고생하냐? 차라리 지금 사고 쳐. 앞으로 얼마 안 남았잖아. 너 탤런트 되겠다며?"

"헤헤. 그래 미리 사인부터 받아놓으시지들."

친구들과 한껏 얘기를 하며 웃고 있는데 어느샌가 나타난 우진이 못마땅한 표정으로 예령을 내려다보고 있었다.

"누나! 나랑 같이 그리기로 했잖아."

불만에 가득 찬 우진이의 목소리는 가라앉아 있었다. 순간, 예령이 난처한 모습을 보이자, 한 친구가 "너, 누나가 친구들이랑 있는 거 안 보여? 넌 니 친구들하고나 그려" 하며 핀잔을 주었다. 결국 우진은 등을 돌렸다. 나이도 어린것이 건방지다는 둥, 예령이가 너무 잘해줘서 버릇이 없다는 둥, 친구들의 말을 뒤로하며 예령은 혼자 강가에 앉아 돌팔매질을 하고 있는 우진이의 뒷모습을 보고는 괜스레 미안함을 느꼈다.


실기시간이 끝나고 오락시간에도 우진의 표정은 어둡기만 했다. 그런 우진의 태도는 미안함과 동시에 약간의 짜증도 나게 했다.

다들 잠이 든 시간인데도 예령은 쉽게 잠이 오질 않았다. 아빠와의 추억이 서린 곳에서 불쾌한 기억을 만들고 싶지는 않았다.

'지금은 자고 있을 테지. 아침 일찍 일어나자마자 불러서 얘기

를 해야겠다.'

뒤척이며 잠을 못 이루던 예령은 살며시 방을 빠져나와 강가로 나갔다. 강바람이 얼굴에 차갑게 느껴졌다. 가을을 재촉하는 풀벌레 소리가 애처로이 들려오고, 반팔 차림으로 나온 예령은 싸늘한 새벽 공기에 머리가 맑아지는 듯했다. 강가로 다가가던 예령은 소스라치게 놀라고 말았다. 멀리서 보이는 뒷모습의 실루엣이 또렷이 기억에 남아 있는 아빠의 예전 모습이었다.

"아빠."

고요한 새벽 공기를 가르며 공허하게 울리는 예령의 목소리에 고개를 돌린 사람은, 다름 아닌 우진이었다. 우진이 반가움과 놀라움의 표정을 숨기지 못한 채 다가왔다.

"왜 안 자고 나왔어?"

부드러운 그의 목소리에 예령은 순간 어지러웠다.

우진은 너무도 사랑스런 운명의 상대를 으스러지듯 안아버리고 말았다. 세상이 돌고, 까만 밤이 돌고, 별들이 돌고, 풀벌레 소리가 돌아가고 있었다.

살며시 팔을 풀어 예령을 내려다본 우진은 지긋이 눈을 감고 있는 그녀의 따뜻한 볼에 떨리듯 입을 맞추었다.

"사, 사랑해, 누나."

둘은 풀벌레 소리도, 별들도, 까만 밤도, 세상도 느껴지지 않았다. 오로지 둘만이 캄캄한 공간에서 빛나고 있었다. 동이 터 세상

二장·착한 귀신들

이 밝아올 때까지 아무 말없이 서 있었다. 살아 있음의 아름다움을 함께 느끼는 순간이었다.

멀리서 물안개가 피어나고 있었다. 나지막이 내려앉은 새벽 산의 고요함과 말갛게 밝아오는 강가의 그 아침은 아련하고 환상적인 샤갈의 그림 속으로 들어가 있는 듯했다.

그렇게 물안개는 둘의 가슴속에 꿈처럼 피어나고 있었다.

＊

입시 막바지에 이른 고3 학생들은 가을에도 정신이 없었다. 월말고사 중간고사와 계속되는 시험에 더해 예령은 미술공부까지 입시준비에 여념이 없었다. 우진은 그런 예령의 생일을 가장 먼저, 특별하게 챙겨주리라 마음먹고 있었다.

우진은 예령에게 진주목걸이를 해주고 싶었다. 오래전 백화점에서 본 하얀 눈송이 같은 진주 한 알이 박힌 깨끗하고 단아한 목걸이를 예령에게 꼭 사주고 싶었던 것이다. 그 목걸이가 예령의 가녀린 목에 걸려 반짝일 것을 생각하니 가슴이 두근거렸다.

설레는 마음으로 백화점에 간 우진은 크게 당황했다. 그것은 우진이 생각했던 것보다 훨씬 큰 액수였고 지금으로서는 도저히 감당할 수 없는 수준이었다. 매장의 직원은 다른 것을 권했지만 우진의 눈에는 들어오지 않았다. 빈손으로 집으로 돌아온 우진은 소파에 벌렁 누웠다. 엄마는 동창회 모임에 나가시고 집은 비어 있었다. 그러다가 무심코 문이 열린 안방을 들여다보게 되었다. 아버지가 골프를 치러 가시면서 지갑을 두고 간 모양이었다. 우진은 순간 다른 생각을 할 여지가 없었다.

그녀는 오늘 학원에 오지 않았다. 약간 불안해진 우진은 집 앞에 가서 그녀를 놀래주어야겠다고 생각했다. 아직 돌아오지 않았다는 그녀 언니와의 전화를 끊고 우진은 아파트 입구를 지키고 있기로 했다. 집집마다 하나 둘 불들이 켜지고 환하게 밝은 유리창 너머 집안 풍경은 평화로워 보였다.

아무리 기다려도 예령은 오지 않았다. 집으로 돌아서는 우진의 등 뒤로 한줄기 차가운 바람이 지나가고 있었다.

그녀에게 나의 기쁨을 모두 전해주고 싶었는데, 제일 멋있고 근사하게 생일을 축하해주고 싶었는데…. 우진이 집에 들어온 것은 밤 열한 시가 다 되어서였다. 초인종 소리를 듣고 문을 열어준 여동생의 눈치가 이상했다. 슬금슬금 눈치를 보는 듯하더니 이내 재빨리 자기 방문을 열고 들어가버렸다. 그리고 보니 집 안 분위기도 이상했다. 이윽고 갑자기 안방문이 열리면서 아버지의 고함소리가 들려왔다.

"너, 이 자식 어디 갔다 온 거냐? 학원에서 그냥 갔다던데! 그리고, 너 오늘 무슨 짓 했냐?"

二장·착한 귀신들

멍해진 우진이 아무 말 못하고 서 있는데 갑자기 아버지의 주먹이 날아들었다.

"이 못된 녀석. 어디서 그런 나쁜 짓거리를 배운 게냐? 너 어디 쓸려고 그런 거야? 어린놈이 그 많은 돈을 훔쳐다가… 오라! 이 선물 보따리, 이거냐?"

아버지는 우진의 손에서 선물 상자를 빼앗아 보랏빛 포장지를 북북 찢더니 떨리는 목소리로 말했다.

"이, 이, 어느 계집애냐?"

뒷목을 잡고 쓰러질 듯 대노한 아버지를 부축하며 엄마도, 어쩌다가 저 착한 애가 도둑질을 하게 된 거냐며 난리를 쳤다. 우진은 아직도 뺨이 얼얼했다. 생전 처음 맞은 뺨이라서 아픈 것인지 가슴이 아픈 것인지 구분이 가지 않았다. 어딘지 모를 곳이 자꾸만 저린 듯 아팠다. 꿇어 앉은 다리도 저려오고 아무 생각도 나지 않았다.

아버지는 당장 그 선물 받을 계집애를 데려오라고 다그쳤다. 결국 머뭇거리던 여동생이 예령을 호출했다. 우진은 갑자기 목이 말랐다. '이건 아닌데. 아버지 제발 그만하세요.' 말은 소리가 되어 나오지 않았다.

계속 담배를 피워대던 아버지는 겁먹은 채 들어서는 예령을 보고 소리를 질렀다.

"네가 우리 우진이 꼬드겨서 이렇게 비싼 목걸이 해달라고 했냐? 학생이 이게 뭐가 필요해? 그동안 우리 우진이한테 또 뭘 사달라고 했니? 어디 얘기 좀 들어보자꾸나. 학생이 무슨 연애질이야? 대학이나 제대로 가고 나서 연애를 해도 해야지."

어머니는 말없이 그 진주 목걸이를 예령 앞에 내밀었다. 영문도 모른 채 예령은 그 모든 수모를 견뎌야 했다. 앞으로 우진을 만나지도 말라는 아버지의 말을 뒤로 한 채 인사를 하고, 예령은 한 마디도 하지 않고 돌아갔다.

그날 밤 예령은 전화를 받지 않았다. 아마도 지금쯤 울고 있을텐데…. 우진은 당장 달려가 그녀를 위로해주고 용서를 구하고 싶었다.


그날 이후 예령은 차갑게 변해버렸다. 학원에서 우진을 쳐다보지도 않았고 전화도 받지 않았다. 우연히 우진이 그녀 옆에 서게되더라도 무표정한 얼굴로 다른 곳을 응시했다. 몇 번이고 그녀집 앞에서 기다렸으나 만나주지 않았다.

우진은 더 이상 세상이 살기 싫어졌다. 첫눈도 아무런 의미가 없었고, 그녀와 자주 만나던 놀이터는 가슴이 미어질 듯 쓸쓸하게 느껴졌고, 온 거리가 슬픔으로 가득 찬 듯 축축해 보였다.

오늘은, 오늘은, 하며 바라던 우진은 변함없이 자신을 멀리하는 예령의 태도에 가슴이 뛰고 불안해져 손톱을 뜯는 버릇마저생겼다. 그래도 혹시나 하는 마음에 매일 그녀의 집 앞에서 기다리던 우진은 어느 날 한 남학생과 다정히 걸어오는 예령을 보고 말았다. 긴 생머리를 한손으로 쓸어올리며 코를 찡긋 하고 웃는 그녀의 모습에 가슴이 터질 것만 같았다. 나를 보고 저렇게 조용히 웃던 예령이었는데…. 그녀의 목도리를 매만져주는 녀석을 실컷 두들겨 패주고 싶었다.

둘의 모습이 자꾸만 떠올라 잠을 이룰 수 없었다. 우진은 죽기로 결심했다. 내 인생을 망쳐놓은 아버지. 그리고 날 버린 예령에게 자신이 얼마나 그녀를 사랑했는가를 보여주기로 마음먹었다.

"내가 세상에서 없어지면 예령이 내 진심을 알아주겠지."

우진은 예령에게 기나긴 편지를 썼다. 그 진주 목걸이와 함께.

우진은 창문 밖으로 보이는 쓸쓸한 겨울의 새벽 풍경을 바라보며 눈물을 흘렸다.

안녕….

차라리 황홀감을 느끼며 우진은 흐릿한 새벽빛이 아련하게 사라지는 것을 보았다. 우진은 한 마리 두 마리 날아가는 하얀 나비들을 보았다. 하늘하늘 날개를 팔락이며 눈앞에 나타난 수많은 나비 떼들을 보았다. 눈을 감은 우진의 얼굴은 너무나 슬퍼 보였다.

한참을 잔디밭에 누웠던 예령은 등이 시려옴을 느껴 살며시 눈을 떴다. 한줌의 햇살이 정겹게 느껴지는 가을 오후. 세 살배기 딸과 시어머니를 모시고 온천을 간 남편은 물이 좋다는 어머니 때문에 하루 더 머물고 내일 올라갈 거라고 연락을 해왔다. 오랜만에 느끼는 여유였다.

그렇게 우진을 저세상으로 먼저 보내고 예령은 원하던 미술대학에 입학했지만, 그 찬란한 20대를 공허와 허무로 채운 채 예전의 꿈을 잊고 살았다. 아니, 마음 깊숙히 꿈을 숨기고 우진에 대한 미안한 마음으로 그림에 대한 열정조차 숨기고 지내왔다.

처음엔 아무렇지 않은 듯 그저 놀란 마음으로 그의 죽음을 받아들였다. 그러나 시간이 지날수록 우진을 죽음으로 몬 것은 바로 자신이라는 사실에 무서운 생각이 들었다. 어느 날부터는 매일 밤 우진이 보였다. 우진은 나비들과 함께 희미한 모습을 하고 나타나 말없이 손을 내밀어 예령을 이끌고는 했다. 소스라치게 놀라 잠이 깨면 항상 새벽 3시가 되어가고는 했다. 늘 같은 꿈, 같은 시간, 같은 느낌으로 우진이 자신을 떠나지 못하는 것을 알고는 가슴이 아프고 목이 메었으나 아무것도 할 수 없었다.

우진의 자살 이후 그 동네를 떠난 우진의 식구들은 연락이 끊긴지 오래였다. 이민을 갔다는 소리도 있었고, 그의 아버지 사업이 부도가 나 야반도주를 했다는 소리도 있었다.

마지막 빨래를 널고 집 안으로 들어온 예령은 거실 탁자에 놓인 가족사진을 보았다. 매일 같은 자리에 있는 그 사진 속에 자신은 없다는 것을 오늘에서야 알았다. 딸 수아의 돌사진에도, 작년 여름 어머니를 모시고 놀러 간 해수욕장에서 찍은 사진에도 그녀는 없었다. 환하게 이를 드러내고 웃는 남편 곁에는 항상 시어머니가 있었고, 그 사진도 자신이 찍어준 것이란 걸 기억해냈다. 수아의 돌잔치 사진에서도 옥색 한복을 입은 어머니가 수아를 안고 곱게 서 있었다.

왈칵 울음이 터지고 수아가, 우진이가 너무 보고 싶어 목이 메었다. 예령은 이 집에 존재하지 않았다. 어쩐 일인지 제일 먼저 시집갈 것 같다던 주위의 예상과 달리, 예령은 늦은 나이에도 제대로 연애 한 번 하지 못한 채 20대를 보내고 있었다. 수십 번의 맞선자리도 흐지부지 되고, 서른이 되기 전에 겨우 지금의 남편과 선을 본 지 3개월 만에 결혼이란 것을 했다. 그리고 3년이란 세월을 보냈으나 예령은 여전히 사랑이란 게 뭔지 몰랐다. 그저 결혼한 남들도 다 이렇게 살겠지 하며 살고 있었다. 그러나 여전히 가슴 한구석은 허전했다. 구멍이 뚫린 듯 허한 가슴은 무엇으로도 채울 수 없었다.


며칠 전 오랜 친구 명주가, 호텔에서 어느 여자와 나오는 남편을 봤다고 호들갑을 떨며 찾아왔었다. 그때는 그저 일 때문이겠

거니 했지만, 어제 새벽 거실 베란다에서 휴대폰으로 전화 통화를 하던 남편의 대화가 떠올랐다. 남편은 자신에게 한 번도 하지 않던 말을 상대에게 살갑게 하고 있었다. 가을 달빛을 받으며 사랑한다는 말을 하고 있는 남편이 오히려 부러웠다. 아마도 오늘 온천으로 어머니와 수아를 데려다주고는 그 여자를 만날 것이다. 밤새도록 그 여자를 사랑한다며 품어줄지도 모른다.

그런 남편이 가여웠다. 예령은 사랑을 하고 싶었다. 아니, 사랑하는 우진이 보고 싶어 견딜 수 없었다. 그 옛날 남이섬에서 떨리듯 고백을 해오던 우진의 눈길이 그리워 미칠 것만 같았다.

옆에 우진이가 있기라도 한 듯 소파에 엎드려 울먹였다.

요란하게 울려대는 전화 벨 소리에 예령은 목소리를 가다듬고 전화를 받았다. 명주였다.

"또 울고 있었니? 차라리 끝내. 그렇게 살면 수아는 행복할 것 같아? 너희 시어머니, 널 나가라 하시지 아들에게 뭐라 하실 양반 아니다. 예령아, 친정에 알리고 깨끗이 끝내. 너 그러다 죽어, 이 멍청아."

죽고 싶다는 예령의 중얼거림에 명주가 말했다.

"예령아, 우리 한 번 미친 척하고 점 한 번 보러 갈래?"

예령이 싫다고 해도 명주는 막무가내였다.

"아주 용하대. 한 번 만나보자."

명주 얘기를 심드렁하게 듣던 예령은 머리가 아프다며 전화를

二장·착한 귀신들

끊었다.

다음날, 마지못해 명주 손에 이끌린 예령은 조용하고 아담한 가정집으로 들어갔다. 무당 집에 대한 본능적인 공포를 가지고 있던 예령은 의외로 평범한 아저씨가 편안한 얼굴로 맞아주니 저으기 마음이 놓였다. 아무 말도 못하는 예령 대신 명주가 몇 마디 하고는 예령의 사주를 넣었다.

한참 무엇인가를 적어내려가던 아저씨는 굳어 있는 예령의 얼굴을 보고는 우스갯소리를 던졌다. 그러더니 담배 한 대를 피우겠다고 양해를 구하며 말했다.

"그 목걸이 안 하고 다니시면 안 되나요?"

예령은 슬쩍 자신의 목을 내려다보았다. 예전, 자신의 생일 선물이자 우진의 유품인 작은 진주알 목걸이였다. 그 아저씨로부터 이야기를 듣다 보니 모든 게 어제 일인 듯 생생해졌다.

"선생님⋯ 전 아무것도 원하는 게 없어요. 사실, 전 우진이 곁으로 가고 싶어요. 우진이가 너무 보고 싶어요."

"너 미쳤니, 지금? 죽은 애를 어떻게 살려놓으라는 거니? 얘가⋯ 느네 신랑 바람기나 잡아달라고 온 거잖아."

옆에서 기가 차단 듯 명주가 떠들어대기 시작했다.

"아뇨. 선생님⋯. 우진이를 잊지 못하고 사는데 어떻게 제가 남편의 외도를 뭐라 할 수 있겠어요? 전 지금도 우진이를 잊지 못하고 살고 있는데…"

"가슴 아픈 인연이죠. 그 돌아가신 분이 아주머니를 너무 사랑하기 때문이죠."

아직도 우진이 자신을 사랑하고 있다는 말에 예령은 울음을 터뜨리고 말았다.

예령은 법사 아저씨의 말을 좇아 원혼을 달래주는 굿을 하기로 하고 집으로 돌아왔다. 웬일인지 마음이 편안해지고 혼자 있는 텅 빈 집 안이 이제 무섭지도 쓸쓸하지도 않았다.


예령은 새벽에 일어나 깨끗이 목욕을 하고는 정갈한 마음으로 뜰로 나갔다. 까치 한 쌍이 반갑게 울어대는 것을 보고 자신도 모르게 기쁜 마음이 들기 시작했다.

사시에 식을 올린다고 했다. 다시 한 번 깨끗한 한복과 고무신을 점검하고 쌀과 초를 준비하여 법당에 들어섰다. 고요한 법당에서 은은하게 퍼지는 향내는 불안한 듯 뛰는 예령의 마음을 편안하게 만들었고 아련하게 옛 추억을 불러일으키는 듯했다.

이윽고 힘찬 꽹과리 소리가 들려오며 하얀 무복을 입은 법사님의 굵은 저음의 경 읊는 소리가 들려왔다. 밝게 피어나는 촛불이 잠시 흔들렸다.

무당의 손에 쥐어진 커다란 박달나무 신장대의 잎새가 흔들리기 시작했다. 점점 분위기가 고조되어 가는 법사님의 목소리는 어느새 예령이의 가슴에 파고들고, 서럽게 흐느끼며 자신도 모르게 두 손을 모아 빌고 또 빌었다. 승모를 쓰고 무복을 입은 또 다른 무당의 자태는 고운 한 마리 나비 같았다.

너울너울 손짓하며 "불쌍하다. 불쌍하다. 어이해 내 신세 이토록 박복타" 하며 우진을 불렀다. 갑자기 온몸에 전율이 흐르는 듯 예령은 섬뜩함과 두려움까지 느낀다.

"우진아… 흑흑 미안해. 용서해줘… 너무 보고 싶어."

덩더덕 쿵덕….

북채를 쥔 법사는 마치 예령의 가슴을 후려치는 듯 둥둥 북을 울린다.

예령의 눈앞에 환한 빛과 수없이 날아다니는 나비 떼와 우진이 보였다. 환하게 웃고 있는 우진은 아무 말없이 다 알고 있다는 듯, 다 용서한다는 듯 빙긋 웃으며 나비들과 덩실덩실 춤을 추면서 저 멀리 사라져갔다.


그 이후 예령은 그동안 놓았던 붓을 다시 잡기 시작했다. 가슴 한구석에 환하게 켜진 그 무엇을 느끼며, 잊고 지냈던 자신의 삶을 다독거리고 오늘도 하얀 캔버스에 색색의 물감을 풀어놓고 있는 것이다.

하얀 빛 저 너머로 나풀나풀 날아가는 나비와 같이.

| 甲 | 戊 | 辛 | 戊 |
|---|---|---|---|
| 寅 | 戌 | 酉 | 申 |

위 사주는 무토戊土가 유酉월에 낳고 신금辛金이 투간되니 상관격傷官格이다. 상관격이 일간日干이 근根으로 신왕身旺하면 상관패인傷官佩印하지 않고 이익을 추구하는 상관생재傷官生財를 하게 된다.

三
장

창
광

# 1

## 혼자混自와 창광

    나는 내 삶이 비루하고 세상이 척박하다고 생각한 적이 있었다. 이를 이겨낼 도리를 알지 못하고 스스로를 위안하고자 생각해낸 것이 '내일 할 일을 오늘 하지 말자'였다. 이러기를 반복하여 정신을 달래니 잊게 되더라.

    또 나는 마음의 서러움이 커서 남을 대함에서도 곱게 봐주지 못하고 너무 많은 세월을 보낸 적이 있다. 눈을 감아도 귀는 열리고, 귀를 닫아도 눈은 보이고, 귀와 눈을 닫아도 마음이 열리니 당해낼 도리가 없었다. 아마도 세상 사람의 처지와 나의 처지를 인정 못하는, 내 마음 씀씀이가 참으로 못남을 알지 못했던 것이다.

    40이 넘어서야 '그게 화날 일이냐?'라고 스스로 말했다. 그때서야 비로소 남들이 호골무인虎骨無人이라는 놀림을 하기 시작하였다. 잊음으로 정신을 달래고 인정함으로 마음을 달래니, 나의 정신은 스스로 제 할 일을 하고 내 마음은 세상사를 살아가게 되었다. 정신은 막힘을 잊고 오고감이 자유로워지니 부르고 가림을 하고 있지만, 무엇을 하는지 잘은 모른다. 마음은 세상을 오가는데, 사람이 제일 어렵고 물건은 더욱 어렵다. 아직은 약방문을 크게 열어 큰 수술을 할 것이 많음이다. 하지만 하루하루를 생각하는 즐거움으로 산다.

나는 살다보니 내 안의 나에게 이름을 지어주었다. 혼자混自라고. 외로움을 벗어나기 위한 수단이었다. 그리고 숙제를 내주고 감시를 해주는 사장님을 만들었다. 낮에는 출근을 하고, 밤에는 숙제를 했다. 같이 공부空傳하는 친구도 여럿 있다. 이제는 많은 벗들과 노닐고 있다.

나는 다시 혼자가 노니는 계룡산을 만들었다. 난 산아이山兒里가 되었다. 그는 집이 되어주었다. 떼쓸 곳이 필요했고, 도움이 필요했다. 기도를 하고, 화풀이도 했다. 사람보다는 한결 대화가 잘 통했다. 오래전부터 공부도 가르쳐준다. 딴짓거리를 못하게 하는 것이 아쉽지만 즐겁다. 우리 식구들이 있는 곳을 향선각香仙閣이라 이름하고 집도 지어주었다. 식구들은 한 달에 한 번씩 물만 먹고 산다.

그럼에도 나는 많이 고팠다. 고픔을 채워줄 무엇이 필요했다. 내 영혼 말고 다른 영혼이 있다고 생각했다. 내 영혼은 그 영혼을 만나고 싶어 한다고 생각했다. 아닌가? 무엇을 얻으려 했는가? 그래서 독경을 하기 시작했다. 만나는 시간이 필요하기에 시간 약속을 하였고, 장소가 필요하기에 장소를 정해서 독경을 하였다. 아직 모른다. 습성이 부족했는지? 약속 시간을 못 맞춘 것인지? 약속장소를 모른 것인지?

세상에 나아간 나에게 별명을 만들어주었다. 창광猖狂이라고. 세상사를 사는 데 필요하기 때문이다. 사람 간에 관계를 맺고 멀고 가까워짐에 기쁘고 슬퍼하는 것이 안타깝지만, 보람을 느끼며 살기를 바란다. 창광에게는 항상 미안한 마음이 든다. 언제인가 너무 힘들어 하기에 스스로 살아가는 방법을 일러주었다. 지금은 그 재미로 사는 것 같다.

세상에 나아간 혼자와 창광에게 '불지형체佛之形體, 선지조화仙之造化, 유지범절儒之凡節'이라는 세 가지 모양을 만들어주었다. 불지형체는 혼자에게 시키고, 선지조화는 창광에게 시키고, 유지범절은 내가 하기로 약속했다. 혼자와 창광은 서로 충돌하여 역할에 충실하지 못하기도 하고, 잘 상의하여 역할을 바꿔가면서 노닐기도 한다. 이제는 혼자와 제법 잘 지내며 사는 것 같다. 이렇게 말하는 것이 나인지? 혼자인지? 창광인지? 이제는 누가 누구인지? 애써 구분하기가 힘들어졌다.

  50이 넘어 덕 높고 공 높은 귀인들을 뵈니 정신과 마음을 다스림이 수만 가지나 되는 듯하다. 잊음과 인정함만 행하던 나는 길을 찾은 것인지 길을 잃은 것인지 더 많은 생각을 해보아야 할 것 같다.

# 세상 문

산 기도를 오래했다. 지금 생각하면 왜 그랬는지 모르지만, 그때는 해야 한다고 생각했다. 그때는 이런 심정이었다. '나 혼자서도 잘할 수 있으니까요! 나 건들지 마세요!' 주변의 영향에 의한 반사작용도 많이 있었을 것이다. 특히 타고난 죄값을 치러야 한다는 의식이 있었을 것이다. 까마득한 일처럼 아득한데, 겨우 15년 전 일일뿐이다. 여하튼 나는 혼자서도 '잘할 수 있어'를 만들어냈다. 나는 이 문구 속에 숨어서 자기 위안을 하며 살기 시작하였다. 훗날 이 문구는 누구나 쓰는 말버릇이 되었고, 전화 문자에까지도 사용하게 되었다.

'You can do it!'

산 기도에는 의지력 이외에도 많은 것들이 필요하다. 처음에는 의지만 있으면 된다는 시절 모르는 생각이었다. 여름에는 모기를 비롯한 해충과 비, 겨울에는 추위와 체온 등을 지켜줄 방어력을 갖춰야 한다. 혼자混自는 시장에 직접 가서 접이식 1인용 모기장과 비 오는 날을 대비해서 낚시용 파라솔도 준비했다. 또 추위를 이기기 위해서 난로를 구입했지만, 겨울밤 기도는 난로 하나로는 부족하였다. 골몰히 생각하다가 목욕통을 구입하기로 하였다. 찾아보니 1인용으로는 핀란드 식이 좋아 보이기에 스스로 제작을 했다. 목재는 편백나무를 사용하였고, 목만 내밀고 뚜껑은 닫을 수 있는 모양으로 만들었다. 혹여 들짐승이나 기타의 외부침입을 차단하기 위해서 반려 강아지 가두는 모양의 울타리도 준비하였다. 아직도 이 품목은 내 마음속에 있으니 필요하면 꺼내어 쓸 수 있다. 아니 지금은 찌들고 낡아서 사용이 가능한지 모르겠다.

이와 같은 완벽한 준비에도 불구하고, 훗날 나는 의사로부터 준비 부족에 대한 의견을 들었다. 혼자混自 있어 깨어나기 싫다보니 소변을 자주 보지 않아서 암모니아 가스에 의해 간이 손상되었다. 그리고 대장이 운동을 하지 못해서 유착 증세를 보이고 있었다. 결국 증세가 호전되지 않아 대장 유착과 탈옹으로 두 차례의 수술을 하게 되었다. 아직도 질병에 관해서는 어떻게 준비해야 될지 모른다. 그 뒤로도 신체 마비 증세가 오고 있다는 진단에 의하여 2년간 치료를 받고, 지금은 운동도 열심히 하고 있다.

세상에 나간 창광은 나와 혼자에게 막대한 영향을 미치기 시작했다. 사람을 대하고, 사람과 대화를 하고, 사람의 슬픔과 기쁨 그리고 희망과 실망, 기대와 낙담 등을 대하다 보니 자신도 감정의 동요를 일으키는 것 같았다. 그러니 창광에 의해 영향을 받지 않을 수 없었다. 세상에 나간 창광과 뚜렷한 구분을 해야 할 시기가 온 것을 느끼게 되었다.

나는 창광과 대화를 하고 규칙을 만들기로 했다. 창광은 그때부터 건망증 연습과 함께 복기復棋를 멈추기 시작하였다. 기억을 없애기 시작하였다. 하지만 어느 시점부터라는 특정 시간이 정해지지 않으니, 애만 쓰고 효과가 없어 더욱 혼란에 빠지게 되었다. 그래서 시간을 정하기로 했다. 세상 문이 닫히는(사무실 문을 닫고 나오는 순간의 딸각 소리부터) 순간부터 창광과 나를 구분하기로 다시 약속을 하였다. 오랜 세월 연습을 하니 효과가 조금 있었다. 더욱 효과를 내기 위해서 세상 문을 닫을 때와, 나로 돌아갈 때를 따로 구분(출입문을 나설 때 버튼을 누르기 직전은 창광이고, 문을 닫으면서부터는 나다)하기로 하였다. 이것은 효과가 있었다. 전과는 뚜렷한 구분도 생겼다. 인간은 간사한가보다. 창광은 그때부터 열심히 세상 공부를 하였다. 나와 혼자에게 피해를 주지 않기 위하여 노력도 게을리하지 않았다. 창광은 스스로 규칙을 정하여갔다.


'잠은 시간을 갉아먹는 귀신과 같은 것이니 자기 전에 눕지 말고, 눕기 전에 이불 깔지 말자'라고 정했다. '귀신을 대할 때는 푹 빠져들어라'고도 정했다. '세상을 살다보면 잠자리 드는 시간은 일정하지 않지만, 일어나는 시간은 일정하게 정해라'라고 잠자는 방법에 대한 세 가지 규칙을 정했다.

실천은 쉬운 것이 아니었다. 잠자는 것보다 깨어 있는 것이 어려운 것임을 알게 되었다. 그래서 깨어 있는 어려움을 극복하고자 할 일을 만들었다. 그것은 글을 쓰는 것이었다. 혼자가 생각하듯, 창광은 글을 쓰기 시작하였다. 혼자는 수놈처럼 열심히 사냥을 해왔고, 창광은 암놈처럼 꾸준히 살림을 하였다. 나는 그 모양이 너무 기뻐 나를 잊고 지내다가 문득 개인적·사회적 행위를 하지 않고 있음을 느꼈다. 이미 늦었다는 것도 알게 되었다. 이미 멀어져간 것도 알게 되었다. 이러한 사회적 행위 소홀은 많은 사람들로부터 오해를 불러오고 사회적 관계에도 문제점을 드러내기 시작하였다. 전화, 가족, 친구, 도반 등과의 관계에서 나는 편하지만 그들에게는 불편함을 주게 되었다. 나는 너무 멀리 갔는가? 하고 생각해보았다. 나는 사회 행위에 속해 있는 사람들에게 변명도 못하고, 핑계를 대지도 못했다. 행위를 못하는 뚜렷한 이유를 댈 수 없기 때문이다. 내가 혼자와 창광을 방해할 수 없기 때문이다. 아직 이 부분에서 숙제를 풀지 못하고 있다.

三章·창광

# 3

# 고래 꿈, 학교

학교를 간다는 것이 부모와 형제를 힘들게 하는 것은 아닌가 하고 생각했던 적이 있다. 아버지는 한숨을 쉬시고, 형은 "한 번 더 해봐라" 했다. "형! 해볼게"라고 나는 속으로 다짐을 했다. 왜 그때 나는 미안한 마음을 먹었으며, 어려운 생활에도 형은 한 번 더 해봐라 했을까 하고 생각을 해본다. 둘 다 마음이 같았던 것 같다. 나는 내가 스스로 살아보기로 한 것이고, 형은 어렵더라도 동생을 돕고 싶은 마음이었으리라.

새우잠을 자면서 고래 꿈을 꾸다가 늙어버린 나이에 학교를 갔다. 흐트러진 자유의식은 학교 생활에서는 방종이라는 생각도 들었지만 습관이 학생처럼 자연스럽지가 않았다. 그래도 스스로 이곳에 있구나, 하는 혼자만의 대견함에 나이를 잊었다. 아직은 여러 해를 넘겨야 졸업을 하지만, 형과 아버지에게 졸업장을 보여준다는 생각에 내심 뿌듯했다. 학교 다닐·학비도 이제는 마련되었으니 걱정은 없었다. 나이가 걱정일 뿐이다. 학교가 무엇이기에 의지를 불태우며 가려고 할까? 배움이 무엇이기에 나는 잊지 못하고 이러고 있는가?

가르침과 배움의 관계인 스승과 제자, 학습과 관습을 익히는 학교와 가정, 그리고 친구들과의 추억과 우정과 경쟁, 모두 배움의 배경이다. 넓은 의미의 학교는 이 모두를 포함한다.

실제 상황을 통한 현장 교육에서부터 시작되어, 지식을 후세에 전하고자 점차 체계를 세운 교육법이 등장하고, 그에 따른 현장이 마련되기 시작한 것이 학교일 것이다.

지금도 학교는 일종의 자격을 위한 강제적 제도로 사용되기도 한다. 아무리 능력이 있어도 학교 교육을 통과하지 않으면 인정을 받지 못하는 경우가 많다. 제도권이 허락하는 학위와 자격증이 우리들이 알고 있는 학교교육이다. 학위와 자격증이 없으면 무자격자가 되고, 무자격자는 불법이나 편취가 되는 경우가 있다. 이러한 현상은 학교라는 제도권 밖에 있는 재야의 실력자를 양성해야 한다는 점에서 아쉬움이 있다.

형에게 졸업장을 보여주고 싶다. 마음의 눈물을 삼키며 보여주

三장·창광

지 못한 것이 졸업장이었기에, 동생 자랑하는 형의 모습을 보고 싶다. 그리고 형들과 아버지 곁에서 살고 싶다.

"아버지, 이제 학교 다 나왔어요" 하고 싶다. "자식도 잘 가르쳐 볼게요"라고 하고 싶다.

그런데 큰일이다. "배워서 어디 쓴다?"라고 물으시면 머라고 대답해야 하나. 그러면 이렇게 대답할 것이다.

"아버지 방에 걸어놓으면 되지요."

# 4

# 창광 김성태 운명

戊 辛 庚 辛
乙 丙 戌 巳

우리 엄마가 사랑방 손님들이 집으로 아직 돌아가지 않았을 때 나를 나를 낳았다고 하니, 술시나 해시 즈음이다. 일단 술시로 정한 것은 할머니가 아홉 시경에 잠이 드시는데 잠자리에 들기 전이라 그렇게 정한 것이 첫째고, 사랑방에서 가마니를 치거나 새끼를 꼬거나 뽕(화투)을 치지 않았으니, 그런 날에는 아홉 시 이전에 다들 돌아간다고 짐작한 것이 둘째 이유이다.

이렇듯 점쟁이면서 자기 시도 잘 모르는 놈이 바로 나다.

주변에서 이런 말 많이 한다.

"점쟁이들이 사주팔자를 그렇게 잘 보면 자기들 팔자나 고쳐 보지 왜 그 모양 그 꼴로 산다냐. 잘사는 점쟁이 한 번도 본 적이 없다."

맞는 말이다. 점쟁이들 잘 못산다. 자존심과 명예는 어떨지 몰라도 금전은 항시 쪽박이다. 팔자를 그렇게 타고난 것이지 그걸 안 다고 잘살고 못사는 것이 아니다. 팔자는 집처럼 수리해서 고쳐 쓸 수 있는 게 아니다. 그러니 주어진 운명에서 성실히 살아가는 것, 그게 진리다.

내가 사랑하고 존경하는 백민 선생님은 이렇게 지도하셨다.


"팔자란 운명이 정해준 환경에서 열심히 살아가라고 만들어진 것 같다. 당연히 돈 벌 사람은 돈 벌고 못 벌 사람은 못 버는 거다."

점쟁이들에게 너무 많은 것을 바라지 말자.

내게 주어진 운명이 무엇인가를 알고 안심수도 하시라.

내가 노력할 것이 무엇인지를 알고 정진하시라.

내 단점이 무엇인지 유의하며 사는 것 그게 진리리라.


아무튼,

위 사주는 신금辛金이 자월생子月生으로 체體는 상관성傷官星이고 용用은 식신성食神星이다. 체와 용 중 요즘은 용만을 중요시 여기니 금수식신격金水食神格을 취한다.

하지만 분명 다른 것은 알아야 한다.

간단한 통변으로 대신한다면 중요한 일에는 식신食神이니 진지

할 것이나, 불필요한 일이나 중요치 않다고 생각되는 일에는 체體로서 나타나니 상관傷官이다. 눈에 보여지는 체와 안 보여지는 용의 구분을 스스로 행할 것이다.

진지함과 장난을 겸하고 있으니 난 이중인격을 지녔나…?


왕신旺神 자수子水가 투관透干되지 못하여 택宅에 머물러 향함이 없으니 약함을 드러낸다. 경금庚金으로 상신相神을 삼아 생수生水케 하니 의지함이 뚜렷하다.

이는 자기 길을 스스로 개척하지 못한다는 단점과 귀인이 돕는다는 장점이 있는 것이다. 경금이 생수할 때 무목無木, 즉 무재無財하니 귀인이 무엇을 요구하지 않고 돕는 것이라 장점을 더욱 빛나게 한다.


신금辛金이 한동寒冬하니 화火인 관官으로 취용取用하게 된다. 일간日干이 비록 실명失令하였으나 중왕中旺하니 관官을 용신用神하여도 능히 대처할 것이다. 하지만 용신은 무목無木으로 생취生助됨이 없이 고관孤官하니 외롭다.

격格은 귀인이 돕는다 하나 용신이 고孤하면 자기 생각은 도움을 받지 못한다 할 것이다.

망할 놈의 시끼, 고마운 줄도 모르고….

또한 무재無財하여 격格 스스로 용신을 극剋하니 가업이나 직업

수행 부모 말씀 등에서 자신이 상처를 입었다고 주장할 사람이다.

별 되먹지 못한 놈이 있나, 누가 볼까 무섭네….

일간日干 신금辛金은 축술丑戌 편·정인偏 正印에 한根하니 학습 능력과 연구 능력은 뛰어나다 하겠다. 축丑은 수水인 식상食傷의 처處로서 연구에는 금전적 이득도 포함이 되었다고 본다. 술戌은 화火를 압축하여 수水로 향하니 관官은 수축되고 식상은 원한다고 해석된다.

이는 학습이 명예보다는 금전의 이득에 관점을 맞추는 처사라 통변하자.

처절하다 이놈아, 기껏 공부해서 돈 벌 궁리나 한단 말이냐….

월간月干 경금庚金은 겁재劫財이나 본연의 임무인 극재剋財를 버리고 격格인 자수子水를 생취生助하고 있다. 이는 비록 겁재劫財가 적이며 경쟁자라 하나 직업 발전의 귀인이라 할 수 있다. 분탈分奪과 분배 그리고 극부剋父하면서 직업은 더욱 단단해지는 것이다.

일지日支이며 용신用神인 사화巳火 관官에 한하니 경금庚金이 자수子水를 생함에서 명예와 쓸모를 판단할 것이다. 이는 상신相神이 관官에 한根한 것을 말하는데, 귀인이 이자를 돕는 데는 자기 주관과 정당하게 활용하는가를 판단하고 돕는다는 뜻으로 해석된다.

똑바로 살아라, 이놈아….

시간時干 술토戊土는 축丑과 술戌에 본기本氣로서 한根하고 있다. 인성印星은 학습과 사고능력을 판단하는 것인데, 인성이 진辰이면 창조력이고, 미未이면 확장하여 실천하는 능력이고, 술戌이면 정리하여 마무리하는 능력이고, 축丑이면 기억력과 같은 것이다.

허면, 나는 축의 기억력과 술의 정리하고 마무리하는 능력은 지녔다는 것이다. 축은 수水의 처處이고 술은 수水로 향하니, 학습은 금전의 이득과 병행하는 것이니 열심히 공부하면 한 만큼의 돈도 벌 수 있다는 것이다.

단점은, 관官을 설기洩氣하여 더욱 쇠약케 하니 명예 욕심은 버려야 한다는 것이다. 이는 인기나 유명세에 치우치면 망신의 우려가 보이니 자제가 요청된다.

그러니까 자식아 까불지 마, 망신을 감수하고 살지머… 또 까불고 자빠졌네….


년간年干 신금辛金은 일간日干의 한根을 분배시키니 비견比肩으로서의 역할을 충분히 해내고 있다. 항시 어깨를 나란히 하는 학습적 경쟁자가 있을 것이며 금전의 분배를 맛보아야 할 것이다. 재財를 보게 되면 적이 되고, 인성印星을 나누면 스승이 될 것이다.

거봐라 이눔아 조심할 것이 있잖어….


재財운으로 임臨하니 탐재貪財하여(재물을 탐해) 어지러이 살지 말도록 노력하라. 재물을 탐하면 좋은 친구와 스승이 떠나리라… 돈은 스스로 구하고 여자는 나누지 말 것이며, 부모를 두고 형제와 다투지 말아야 할 것이다.

# 더큼학당

5월 17일! 관악산 등산을 가는 날이다. 금년에는 매년 시산제를 지내러 태백산 천제단에 가는 것 이외에도 정기적으로 소풍 가는 날과 체육대회 하는 날을 따로 정해서 행사를 진행하고 있다. 오늘은 학당 이름을 〈더큼학당〉이라고 정하고, 이를 기념하기 위해서 관악산 일주를 하는 날이다. 내가 767일간 다녔던 연주대 북쪽 기슭을 거쳐서 남현동으로 내려오는 코스로 정했다.

광야 : 선생님, 왜 개업은 이런 식으로 해야 되요? 고사 지내고, 떡 해먹고 그러는 거 아녀요? 힘들어요!

창광 : 네, 그렇군요.

광야 : 저는 호만 그럴듯하지, 이런 광야보다는 조용한 카페에서 노는 게 좋아요.

창광 : 네, 그렇군요.

소이 : 선생님, 더큼학당의 뜻이 뭐여요?

창광 : '더 큰'을 '더 큼'으로 발음한 것이고요. 조금의 차이가
무지하게 큰 차이가 나는 것이다.란 뜻으로 제가 해석을
첨가했어요.

소이 : 와, 누가 지은 이름이어요?

창광 : 정은선 씨 따님이 고2 때 지은 거여요.

소이 : 특이하네요. 아이가 상호를 다 짓고요.

창광 : 아이 생각이 어른보다 나을 것 같아서 부탁했지요.

소이 : 하긴, 나이 들면 요행이나 바라고 불평불만만 늘어나고
그런 것 같아요.


소하 : 선생님, 어떻게 해야 공부를 잘할 수 있어요?

창광 : 일단, 잘 자야지요. 그리고 잘 먹어야지요. 마지막으로
가장 중요한 긍정 마인드가 있어야지요.

소하 : 잘 자고, 밥 잘 먹고, 맘 잘 먹어야 된다는 뜻인가요?

창광 : 네, 일단 몸과 마음이 편해야 공부가 잘 되지요.

소하 : 왜 그렇지요?

창광 : 공부는 지식으로 이해 되는 학문이 아니고, 정신적 궁
리와 육체적 수양을 통한 반석盤石 만들기와 같아서 그래
요. 그러므로 객관적 상식으로 세상을 바라보는 자세도
필요하지요.

소하 : 안 그러면 공부가 안 될까요?

창광 : 공부라는 것은 자신을 바로 세운다는 뜻인데, 바로 서지 않고 학습을 한다는 것은 바르지 않은 그릇에 담는 것과 같으니 이미 객관이 주관이 된 것이고, 상식은 주장이 되겠지요.

소하 : 선생님 말씀은 가끔 무서워요. 저도 일반적인 사람이 되라는 것이잖아요. 그게 얼마나 어려운지 아세요.

창광 : 아니까 수행이 필요하고, 반성도 필요하다는 거지요.

소하 : 그러면 명리학은 공부와 같은 것인가요, 학습과 같은 것인가요?

창광 : 당연히 공부를 기반으로 하고 학습을 해야지요. 하지만 공부는 되어 있고 학습이 안 되어 있으면, 좋은 사람이긴 하나 훌륭하지 못하지요. 반대로 학습은 되어 있으나 공부가 안 되어 있으면, 훌륭하기는 하나 좋은 사람은 못 되지요.

소하 : 훌륭한 사람과 좋은 사람으로 구분을 지어서 설명해주시니 이해가 가네요.

창광 : 물론 좋은 사람의 역할과 훌륭한 사람의 역할이 다르겠지만, 자신을 바로 세우는 공부를 우선해야 명리학에도 건전함이 있겠지요.

소하 : 명리학은 공부와 학습이 동시에 필요한 학문이군요.

소아 : 그러면 선생님, 더큼학당을 어떤 모습으로 만들어가실 예정이신지요?

창광 : 소아 선생처럼 자연과 인간의 본질을 알고 싶고 또한 연구해서 후학들에게 전하고 싶은 분들도 있고, 한편으론 소하처럼 목적을 두지 않고 자신을 가르치는 공부로서의 명리학이 되기를 원하는 분들도 있지요.

소아 : 저는 더큼학당이 그렇게 운영되었으면 좋겠어요.

창광 : 저도 그랬으면 좋겠어요. 하지만 저는 가끔 이런 소리들을 들어요. '창광은 배고픔을 겪지 못해서 그런다. 창광은 제자들 먹고살 길은 열어주지 않는다' 등의 소리를요.

소아 : 그건 이해가 가요. 방법을 연구해야겠네요.

창광 : 그래야지요. 더큼학당은 본질과 공부로 순수성을 유지하며 명리학의 귀감으로 남게 하고 싶지요. 하지만 저를 찾는 제자님들에게 먹고살 길을 열어주는 방법을 찾아야지요.

소아 : 음… 저는 선생님의 지금 상태가 좋아보여요. 하지만 빈축을 사는 일이 있어도 제자들에게 생존할 수 있는 방법을 강구하신다면 찬성할게요.

창광 : 고맙습니다. 최고의 걱정이 '창광은 변했다. 돈 벌려고 미쳤다'는 소리 듣는 겁니다.

소아 : 오늘 느낀 건데 선생 노릇 쉽지 않네요. 별별 상황을 고
　　　려해야 하니.

창광 : 제가 쪽 팔리는 것을 못 견디는 성질이 있어서 걱정입니
　　　다.

소아 : 아니 평상시에 '지도자는 모멸을 견디는 힘이 있어야 된
　　　다'고 강조하시면서 그래요?

창광 : 네.